암천루

암천루

〈2〉

산수화

신무협 장편 소설

차 례

1.
난전(亂戰)

"굉장한 남자더군요."

이문효(李文嚆)의 말은 담담하면서도 격정적이었다.

아무렇지 않은 듯 보였지만 말 속에 내재된 놀라움은, 어지간히 눈치만 있는 사람이라면 알 수 있을 정도로 상당히 풍부했다.

"그러한 수준의 무인은 제법 봐 왔지만, 일찍이 그와 같은 '사람'을 본 적은 없었습니다. 문인(文人)이나 예인(藝人)의 재목은 아니지만, 거의 만능(萬能)에 가까운 사람이라는 생각이 듭니다. 구파 소속도 아닌데 그만한 인재라니, 애를 먹을 만했어요."

이문효 앞에 선 사람은 복면을 뒤집어쓴 호리호리한 야행인이었다.

아직까지도 복면을 풀지 않았다.

골똘히 생각에 잠긴 모습이 상당히 심각해 보였다.

"잡았음에도 복면을 벗기지 않았습니다. 놀라운 일이지요. 인질은 잡았다면 대다수의 사람들은 그리 행동하지 않아요. 우리가 있다는 걸 파악하고 함부로 행동하지 않은 겁니다. 생각보다는 본능이겠지요. 어떤 아수라장을 헤쳐 왔는지 모르겠지만 지닌바 무력만큼이나 경험도 깊습니다."

그들에게서 굉장한 인상을 받은 것 같았다.

이문효는 흥겹게 이야기를 이어 갔다.

"그 소저도 대단하더군요. 보는 눈이 남달라요. 무(武)의 재능이라면 창을 든 남자가 윗줄이겠지만, 혜안(慧眼)으로 번뜩이는 눈동자가 굉장히 인상적이었습니다. 군사(軍師)의 재능이 출중해요. 두 사람 모두 중원 천하에서 찾아보기 힘든 그릇들입니다. 의뢰를 받고 움직인다고 들었는데…… 어떤 단체의 소속인지 궁금해요. 한 번 찾아봐야겠습니다."

진심이 느껴지는 이야기였다.

그러나 야행인은 이문효라는 이 청년이 왜 이런 말을 적나라하게 밝히는지 알고 있었다.

그처럼 대단한 사람들이니 임무에 실패한 것도 무리는 아니라는 뜻이다.

너무 마음 쓰지 말라는 것, 상황에 따라 비꼬는 투도로 들릴 수 있지만 적을 칭찬하는 이면에는 그와 같은 위로 아닌 위로가 가득했다.

야행인은 천천히 복면을 벗었다.

드러나는 얼굴.

놀랍게도 여인의 얼굴이다.

이제 스물이 넘었을까. 상당히 앳되어 보이면서도 묘한 성숙미가 함께한다. 후리후리한 키와 더불어 흑백이 또렷한 눈동자가 인상적인 미녀였다.

입가에는 핏물이 말라 얼룩졌지만, 그마저도 그녀의 미모를 손상시키지는 못했다.

창백한 안색, 눈동자에는 복잡한 빛이 가득하다.

이문효가 빙그레 웃었다.

"내상은 어떻습니까?"

"생각보다 괜찮아요."

상당히 차분한 목소리였다.

흔들림이 없다.

이문효가 고개를 끄덕였다.

"밀향갑(密香鉀) 덕을 보셨군요."

야행복 안, 몸에 착 달라붙는 기묘한 옷이 있었다.

꽉 낄 정도로 답답한 옷, 그러나 수수한 모습과는
달리 신물(神物)에게서나 드러날 신기(神氣)가 예사
롭지 않다.

밀향갑, 내외부의 충격을 해소시켜 준다는 보물이
었다.

밀향갑을 입지 않았다면 심한 내상에 거동조차 제
대로 하지 못했을 터, 생각해 보면 그 창을 든 남자
의 성정은 무공만큼이나 무지막지한 것 같았다.

적이라면 절대로 봐줄 성향이 아니다.

여인이 가볍게 한숨일 쉬었다.

"역시나 천하는 넓군요. 그 남자도 그렇고 여자도
그렇고, 저와 나이 차도 크게 나지 않는데."

"대륙은 넓습니다. 그와 같은 인재들은 찾아보기
힘들지만, 또한 찾아보면 어느 지역이든 한둘은 있는
법이지요. 소주(小主) 역시 그들보다 뒤처지지 않습

니다. 다만 아직까지 경험이 부족할 뿐이지요. 보다 빨리 주신문법(呪神紋法)을 완성시키는 게 중요합니다."

소주, 작은 주인이라는 뜻이다.

이문효는 이 여인을 모시는 사람 중 하나였다.

여인이 고개를 저었다.

"문제가 하나 더 있어요."

"어떤?"

"밀법패(密法牌)가 없어요. 아마 그자들이 가져간 것 같아요."

이문효의 표정이 굳어졌다.

밀법패, 그것이 어떠한 물건인지 잘 아는 까닭이다.

임무를 실패한 것이야 충분히 유야무야 넘어갈 수 있다.

이번 임무는 소주의 경험을 살리기 위한 것이었고, 실상 의선총경의 후반부가 없더라도 이미 이쪽에서는 준비가 끝난 상황이다. 참고는 될지언정, 굳이 의선총경이 전부 필요한 건 아니라는 뜻이다.

그들과의 거래에서 서슴없이 건넨 이유가 달리 있

는 게 아니다.

그러나 밀법패를 잃었다면 문제는 커진다.

단순한 물건이 아니다. 신분을 증명하는 건 물론이거니와, 그와 같은 신기(神器)는 그 쓰임새부터가 무궁무진하다.

"큰일이군요."

"찾아와야만 해요."

"쉽지 않을 겁니다. 의선총경의 탈취보다도."

이문효가 그렇다면, 분명 그러할 것이다.

여인의 눈이 다소 혼란에 젖었다가 이내 강렬한 빛을 발했다.

결심을 한 것이다.

"사림(死林)이 아마 그들을 막을 거예요. 그 틈을 타서 노리든, 어떻게든 내가 되찾아야만 해요."

"알고 계시겠지만 시간이 거의 없습니다. 귀환 명령이 떨어진 지 닷새가 지났어요. 지금 출발해도 아슬아슬합니다."

"먼저 돌아가도록 하세요."

"소주께서는?"

"내 실수이니 내가 되찾아야지요. 능력은 부족하지

만, 이번만큼은 성공할 거예요. 얼마나 늦어질지는 알 수 없으니까 위쪽에 잘 말해 주세요."

그 어느 때보다도 단호한 눈동자였다.

이전, 임무를 나서기 전에 보여 주었던 단호함과는 차원이 달랐다. 실패는 했을지언정 그것을 발판 삼아 한 걸음 더 나아가려는 의지다.

이문효는 가만히 그녀를 보다가 고개를 끄덕였다.

"알겠습니다. 부디 몸조심하시길 바랍니다. 그리고 이것."

그가 품에서 꺼낸 것은 자그마한 비단 주머니였다.

"지금의 몸 상태로는 그들을 따라잡기도 힘들 겁니다. 복용하시고 최대한 정상으로 만든 후에 찾으십시오. 한 시진이면 그럭저럭 움직일 만하실 겁니다."

시간은 없지만 지금 나서면 일말의 가능성도 사라진다.

여인은 가볍게 고개를 끄덕였다.

"걱정하지 말고, 먼저 가세요."

"알겠습니다."

작은 주인이라 하나, 본인이 헝클어트린 실은 본인이 풀어야만 한다.

수하라 해도 돕지 않는다.

다소 냉혹하지만, 이 또한 공부가 될 것이다. 이문
효는 그리 믿었다.

여인의 눈이 서남쪽으로 향했다.

그들이 사라진 방향이었다.

그쪽을 보는 그녀의 눈은 그 의지만큼이나 강렬하
게 빛나고 있었다.

*　　　　*　　　　*

한진희는 말이 없었다.

비록 뜯어지긴 했지만 품에는 의선총경이 들렸다.
가문의 보물, 되찾긴 되찾은 것이다.

하지만 그녀의 심경은 복잡하기 짝이 없었다.

그녀보다 한 걸음 더 앞서 걷는 두 사람을 보는 그
녀는 가볍게 한숨을 쉬었다.

'정의(正義)를 바란 건 무리일까.'

두 사람은 정말 아쉬운 것 하나 없다는 듯이 냉정
하게 돌아섰다.

이전 그 무도한 작자들이, 의선총경의 후반부를 절

반 이상 필사했다는 말을 들었음에도 미련이 없어 보였다.

얼마나 위험한 지식인지 빤히 알고 있을 텐데 시원스럽게 보내 준다.

그녀가 아는 상식으로는 도무지 이해할 수 없는 행동들이다.

'그들의 말은 분명 맞지만…….'

의뢰는 의선총경의 탈환이다.

분명 그것이 의뢰였다.

그 의뢰에, 탈취한 자들에 대한 복수나 신병 확보는 없었다. 이대로만 가면 그들은 의뢰에 성공한 것이다.

하지만 의뢰를 받은 해결사로서의 도리로는 맞을지언정, 무인으로서의 도리는 찾아볼 수가 없었다.

의가를 습격하여 무수한 사상자를 낸 집단.

그것도 의선총경의 후반부만을 떼어 가져갔다면 어떤 생각을 품고 있는지 너무나도 명확하다.

무예를 익히고 법도를 아는 무인이라면 그들을 가만두지 않았을 것이다.

그렇다고 한진희 본인이 홀로 갈 수도 없었다.

그녀 혼자로서는 도무지 어떻게 해 볼 수 없는 이들이다.

숫자도 숫자이거니와 생애 첫 실전을 겪은 그녀는 자신의 문제점을 누구보다도 명확하게 깨달을 수 있었다. 반쪽짜리인 무인이 어떻게 건드릴 수 있는 영역이 아니다.

'지나친 바람인가.'

같은 공간에 숨 쉬고 있으면서도, 한진희는 그들과 사는 세상이 너무 다르다고 생각했다.

그녀는 가볍게 고소를 지었다.

'하긴, 내가 나서지도 못 하는데 남한테 부탁할 상황도 아니지.'

결국 저들에게 협(俠)을 바라면서도 자신은 아무런 행동을 하지 않았다. 그것이 그녀를 못내 씁쓸하게 만든 원인이었다.

그렇게 천근만근 무거운 마음을 가진 채 걷고 있던 와중이다.

강비와 당선하의 걸음이 멈추었다.

한진희의 눈이 의아함으로 물들었다.

"무슨 문제라도?"

"조용."

가볍게 손가락으로 입을 막는 당선하.

그녀의 눈이 날카롭게 빛났다.

"서쪽인가요?"

"서남쪽. 투기(鬪氣)와 살기가 난무하고 있어."

"수는 얼마나 되죠?"

"모르겠어. 난투다. 수십 명이 얽혔어, 거의 백단 위에 가깝군."

"지나치면 되겠죠?"

"그래, 하지만 그게 뜻대로 될지 문제야. 무시 못 할 고수들이 많아. 아무래도 알아채겠지."

이해할 수 없는 말이었지만, 또한 곧바로 이해할 수 있는 말이었다.

투기와 살기가 난무한다.

이 말을 듣고도 어떤 일이 생겼는지 모른다면 그건 바보다. 한진희가 조용히 물었다.

"싸움인가요?"

"맞아요."

한진희는 기감을 확대했다.

알 수가 없었다.

명문대파의 역사 깊은 무공을 익힌 그녀로서도, 도무지 파악할 수가 없었다. 도대체 서남쪽 어디에서 싸움이 일어나고 있다는 것인지.

'이 두 사람은 정말…….'

범상치 않은 자들이다.

알면 알수록, 겪으면 겪을수록 범인의 상상을 초월하는 능력을 보여 준다.

강비는 슬쩍 한진희를 보다가 툭 내뱉듯 말했다.

"소문주도 충분히 듣고 느낄 수 있어. 아직까지 살얼음판을 걷는 경험이 부족할 뿐이야. 조금 더 집중을 해 봐. 오감을 예리하게 세우면 불가능하지 않아."

오감을 예리하게 세워라.

전신의 기감을 더욱더 확장해라.

한진희는 마치 홀린 것처럼 강비의 말을 따랐다.

도대체 어떻게 하면 오감을 세우는 것인지 알 수 없었지만, 또한 어쩐지 알 것도 같은 기분이었다.

순간적인 집중이다.

내부에서 공명하는 기. 내기와 외기와 공명한다.

오감이 증폭되고 공기의 흐름이 잡힐 것만 같았다.

상승의 무공을 익혀서 그런지, 환자를 고치는 의원

으로서의 경험이 있어서인지 그녀의 집중력은 남다른 데가 있었다.

돌덩이처럼 굳었던 기운이 찰나지간 갈대처럼 부드럽게 변모했다.

사아악.

저 너머에서 뭔가가 들린다.

들린다기보다 느껴지고 있었다.

음험한 격전의 기운. 인간의 급박한 감정이 적나라하게 흐르는 대지.

'싸움…… 싸움이야.'

정확한 수와 정확한 방향을 예측하진 못하지만 이 산의 공기가 그리 말해 주고 있었다.

당선하가 다소 뜻밖이라는 눈으로 강비를 쳐다보았다.

"별일이네요. 자기 일 아니면 신경도 안 쓰는 사람이."

강비는 눈을 감고 기감을 여는 한진희를 보며 재차 툭 말했다.

"과거의 내가 생각났을 뿐이야."

한진희가 감았던 눈을 떴다.

찰나지간 극한의 집중을 했지만, 집중이 깨지는 것도 순간이었다. 바늘처럼 꼿꼿하게 세우는 집중력이란 장시간 유지하기 힘들다.

그녀의 이마에 송골송골 식은땀이 배어 나오고 있었다.

"느꼈어요, 분명."

그녀의 눈에 놀라움이 서렸다.

그들의 기를 느꼈다는 희열과, 둘에 대한 놀라움이었다.

겪으니 알겠다. 이처럼 첨예하게 기를 세우는 것이 얼마나 큰 심력을 소모하는 일인지.

강비와 당선하는 거의 동시에 격전의 울림을 알아챘다. 그렇다는 건 항상 기감을 펼치고 오감을 열었다는 뜻이다.

지금만이 아니라 이전까지도 쭉.

감탄이 나왔다.

보통 힘든 일이 아닐 텐데 힘든 기색이라고는 찾아볼 수도 없다.

당선하가 빙그레 웃었다.

"처음이라 그런 거죠. 몇 번 이런저런 상황을 겪다

보면 금세 익숙해져요. 우리 일이 제법 거칠어서 말이죠."

진짜 고수가 가지는 힘이다.

무공만 강하다고 전부가 아닌 법, 굳건한 정신력과 상황 대처 능력 그리고 그 모든 걸 받칠 수 있는 경험까지.

"그나저나 어떻게 할까요? 기척을 숨기고 바로 움직일까요? 아니면 저들의 움직임을 보고 대처할까요?"

"선하 생각은 어때?"

"이런 건 나 보다 당신 전문이잖아요?"

강비의 눈썹이 살짝 좁혀졌다.

"귀찮게 됐군. 어떻게 해도 한 번은 부딪칠 것 같아."

예감이다.

이전, 감당할 수 없었던 고수 현성진인이 추격해 온 걸 알아챘듯 이번에도 강비는 격전의 향기를 느꼈다.

그때만큼 심각한 위협은 아니었지만 왠지 더러운 싸움이 될 것 같았다. 이른바 난전이자 혼전(混戰)의 예상이다.

당선하도 뭔가를 느꼈는지 표정이 과히 좋지 못했다.

"방향을 아예 틀어 보는 건 어때요? 좀 멀리 돌아가지만 안전한 건 그 길인데."

"나쁘지 않은 생각이야. 하지만 이쪽에서 방향을 틀어 봐야 화산이나 종남의 본문 쪽이야. 그들 정보에 얽히게 되면 더 귀찮아질 것 같은데."

"그렇군요. 그렇다고 관도로 가긴 뭐하고……."

관도로 간다면 충분히 쉽게 갈 수 있지만 그렇게 되면 아무런 상관도 없는 민초들이 얽힌다.

화산과 종남의 눈에 무조건 걸릴 것이며, 그리 되면 암암리에 이목이 집중된다. 자칫 잘못하면 피를 보는 일이 생길 수도 있다는 뜻이다.

아무리 의뢰를 받아 움직이지만, 힘없는 민초들이 피해를 받는 건 피해야만 했다.

"결국 뚫고 가야만 하는 건가요."

"애초에 더 나은 방법이 없다면, 정면 돌파가 시원하지."

"그럼 가죠."

강비가 창을 고쳐 쥐었다.

당선하가 한진희에게 주의를 주었다.

"이제부터 언제 싸움이 벌어질지 몰라요. 정신 똑바로 차리고 우리 뒤를 쫓아요."

"알겠어요."

완연히 전투 태세다.

셋의 신형이 순식간에 산길을 타 넘었다.

얼마나 지났을까.

점점 더 확실하게 들리는 칼부림 소리.

경력과 경력의 부딪침, 나무가 비명을 지르고 대지가 신음한다. 이제는 굳이 집중하지 않아도 격전의 장이 멀지 않음을 느낀다.

한진희의 눈에 한 줄기 긴장감이 엄습했다.

강비와 당선하의 몸에서 이는 기파가 잠잠해졌다.

"속도를 올려!"

파아앙!

이전보다 한층 빨라진 경공의 속도.

대지를 박차고 나아가는데 시위를 떠난 화살과 같았다.

한진희 역시 두 사람의 영향을 받아 본신 이상의

역량을 내고 있었다.

애초에 공력과 무공 하나만큼은 대단했던 그녀. 결코 강비와 당선하보다 처지지 않았다.

무시무시한 속력으로 달려가는 와중.

한진희는 슬쩍 우측을 보았다.

이제는 육안으로 확인이 될 정도다.

저 너머, 나무 몇 그루가 부러져 굴렀고, 몇몇 무인들이 서로 병장기를 부딪치고 있었다.

흉험한 격전, 휘몰아치는 살기가 대단했다.

한진희의 등허리에 한기가 돌았다.

스치듯 멀리서 보았지만 얼마나 흉흉한 싸움인지 알겠다. 그 안에 있다가는 심장이 터져 버릴 것만 같았다.

서로의 목숨을 노리는 격전. 음습한 살기가 사위를 휩쓸고 있었다.

깨끗한 세상을 살았던 그녀로서는 한 번 보지 못했던 광경.

'이것이 무림(武林)인가.'

같은 세상에 살지만, 또한 다른 세상에 살았던 이들이다. 버젓이 강호에 살았으나 이제야 진짜 강호인이 되었음을 느끼는 한진희였다.

다소 복잡한 마음.

그런 그녀의 상념을 송두리째 박살 내는 일성이 있었다.

"따라붙었어요!"

얼마나 넓게 퍼진 싸움인지 모르겠다.

전후좌우, 사방 군데에서 살기가 가득했다.

타락한 살의만이 들끓는 숲.

깨끗했던 산세가 음산한 욕망으로 찌들어 다른 세상이 된 것만 같았다.

"뒤쪽이야! 저 앞에서도 차단한다!"

"당신이 전방을 맡아요!"

신형을 날리는 당선하다.

순식간에 한진희의 뒤를 점하는데 지금까지와는 비교도 되지 않는 속도였다. 눈 한 번 깜빡하니 시야에서 사라졌을 정도다. 극한의 신법이었다.

"멈춰!"

저 앞에서 소리치는 일련의 무리들이 있었다.

네 명의 무인들, 손에는 한 자루씩 예도(銳刀)를 쥐었다.

온몸에서 흐르는 살기가 공기마저 밀어낸다.

강비의 눈에 한광이 어렸다.

'마공(魔功)?'

마기(魔氣)가 솟구쳤다.

숫자는 넷에 불과하지만 전신에서 발산되는 마기는 실로 만만치가 않았다.

절정고수라 하기엔 어려웠지만 기파만으로도 위협적이다.

'저놈들이군.'

또 다른 흔적을 만들었던 이들.

정보를 교란했던 이들이리라.

얼마 전, 문사풍 청년이 말했던 조심하란 무리들이 이놈들이라는 걸 강비는 깨달았다.

그의 손에 잡힌 장창이 허공을 찢어발겼다.

퍼버벅!

"커헉!"

출수는 한 번이지만, 비명 소리는 넷이었다.

창격 한 번에 네 명의 마인들이 튕겨져 나갔다.

한순간에 뿜어진 거력이었다.

한 명이 막아 낼 수 없어 네 명이 붙었지만, 그 네

명 전부가 좌우로 갈라졌다. 비록 기세가 대단하다고
는 하지만, 이미 강비의 무력은 저들의 음습한 마기
에 침습 받을 만한 경지를 한참이나 넘어서 있었다.

그러나 수가 많았다.

도대체 어디서 나타나는 건지 꾸준히 앞을 막아 가
는 이들. 모두가 손에 예도를 쥐고, 수준은 엇비슷하
다.

'별 수 없지.'

최대한 내력을 아껴 가며 싸우려 했지만, 박살을
낼 때는 내줘야 한다.

후환의 문제가 아니라 길을 트는 문제.

지형과 기세, 무력, 도주로까지 모든 것을 파악한
다.

일순 그의 몸에 거창한 기도가 피어올랐다. 전신전
력을 개방하려는 것이다.

파바박! 파삭!

휘몰아치는 장창.

태풍을 동반한 것 같았다.

창의 중단을 쥐고 거침없이 휘두르는데 일수를 막
아 내는 자들이 없었다.

막아 내면 막은 칼이 부러졌고, 피해 냈다 싶어도 몰아친 경력 때문에 튕겨져 나간다.

빠른 경공을 펼치면서도 창술에 대한 제약이 없었다. 내공 운용이 자유자재다. 호천패왕기의 신묘한 진기가 전신에 활력을 주고 있었다.

뒤따르는 한진희의 눈은 혼란이 가득했다.

그러나 혼란스러운 눈빛 속에는 감탄이 대부분이었다.

'강하다! 이렇게 강할 줄이야!'

강비의 무공은 강했다.

거침없는 전진(前進)의 무공이었다.

막아 낼 수 없는 힘, 마주쳐 깨 버리는 극강의 무력이었다. 막아서는 자들 많았지만 그의 힘을 감당하는 자는 한 명도 없었다.

하지만 그의 무공보다도 감탄스러운 것은 한 점 머뭇거림이 없는 손속이었다.

파괴적인 창술을 받치는 강인한 마음.

앞을 막는 자, 목숨을 걸어야 한다고 온몸으로 말하는 것 같았다. 창을 막다가 죽어도 상관이 없고 불구가 되어도 상관이 없다. 그런 마음으로 아무런 거리낌 없이 무공을 전개한다.

잔인함과 호쾌함이 공존했다.

누구라도 감탄이 나올 만한 전진.

당선하는 어떤가.

한진희의 뒤에서 후방에 따라붙는 이들을 튕겨 내는데, 놀라운 무공을 아무렇지도 않게 구사하고 있었다.

장법(掌法).

여인의 손에서 펼쳐진 무공이라고 믿을 수 없을 만큼 강력한 장법이었다.

허공에 휘두르면 무조건 한 명 이상이 튕겨져 나간다. 장력(掌力)의 무거움이 엄청나다는 증거였다.

게다가 한 번씩 소맷자락 속으로 숨었다가 나오는 손에는 빛살처럼 뻗어 나가는 빛줄기가 있었다.

한진희의 눈에도 파악하기 힘든 속도였다.

'암기(暗器)!'

비수(匕首)였다.

크기가 성인 남성 엄지손가락 정도 되어 보인다. 대단히 작은 비수였다.

한 번 손을 휘두르면 대여섯 개가 쏘아지는데, 적

어도 한 번 휘두를 때마다 세 명은 전투불능으로 만들고 있었다.

감탄이 절로 나오는 무공이었다. 마치 허공에서 제 스스로 먹잇감을 찾아 날아가는 것 같았다.

막강한 장법, 놀라운 암기술.

'당가! 사천당가(四川唐家)인가?'

암기를 다루는 데에 있어 천하제일을 구가한다는 무서운 세력. 독과 암기 양쪽 방면에서는 독보적인 아성을 구축한 명문무가(名門武家)였다.

당 씨, 그리고 경천의 암기술.

자연 사천당문이 떠오를 수밖에 없었다.

절정의 역량을 자랑하는 두 명의 고수와 동행하는 한진희였다.

이 또한 기연이라면 기연이었다.

무공과 심력, 상상할 수 없는 경험까지 어느 것이든 배워 마땅한 공부들이다.

당선하가 소리쳤다.

"앞에 어때요?!"

"조금만 더 버텨!"

끈질긴 놈들이었다.

땅에서 솟구치는지 하늘에서 뚝 떨어지는지, 어디서 어떻게 나타나는지도 모르겠다. 얼마만큼의 마인들이 동원되었나 상상도 못하겠다.

게다가 앞에서 죽이지 않으면 튕겨 나갔던 놈들이 뒤에서 또 따라붙는다.

결국 당선하에게 부담이 될 수밖에 없었다.

'승부를 내야겠군.'

본신의 무력을 개방했던 강비다.

그러나 비기(秘技)라 할 만한 무공은 펼치지 않았다.

지금 이 시점에서는 다르다.

이목을 집중시키는 한이 있더라도 압도적인 무력으로 모조리 날려 버린 후 이 자리에서 벗어나는 게 상책이다.

상황에 따라 능동적으로 무력을 쓰는 것, 무인의 역량을 판단하는 척도였다.

패왕진기가 그의 창에 집중되었다.

장창에 붉은 아지랑이가 피어오르는 것 같았다.

하단전에 힘을 주고 힘차게 진각을 밟았다.

쾅!

산 전체를 뒤집어엎을 듯한 패기가 솟구치고.

휘두르는 장창에 무지막지한 소용돌이가 생성된다. 육안으로 바람의 흐름이 보일 정도였다.

엄청난 전사력(轉絲力)까지 걸린 창, 주변 대기가 빨아들여지는 것만 같다.

황궁 십대절학(十大絕學) 중 하나를 스승의 깨달음과 강비의 경험으로 녹여낸 일세의 창법(槍法). 아군과 적군이 난마로 얽혔던 전장에서는 워낙 위험해서 함부로 쓰지도 못했던 무공.

광룡창식(狂龍槍式)의 살초(殺招) 회천포(廻天砲).

부아앙! 콰직! 콰드득!

비명도 없었다.

돌풍이 되어 전방을 휩쓰는 경천의 창술.

필설로 형용하기 힘든 파괴력이었다.

십여 명의 마인들, 막을 수도 피할 수도 없는 괴력임을 느끼고는 어떻게든 예도를 휘둘렀지만 회천포의 가공할 경력은 칼과 사람을 가리지 않았다.

끼기긱! 콰직!

피와 살점이 갈리며 허공을 수놓았다.

막아선 마인들 네 명은 형체도 찾을 수 없었다. 육

편으로 화했다 해도 과언이 아니다.

나머지 마인들은 사지 중 두어 곳이 박살난 채 사방으로 튕겨나갔다. 차가운 대지는 해소되지 못한 경력에 상처를 입어 여기저기 파여 버렸다.

무자비한 무공이다.

이것이 인간의 힘으로 낼 수 있는 무공인지 의심이 갈 정도.

한진희는 벌린 입을 닫지도 못했다.

강비의 얼굴이 다소 창백해졌다.

'약간 모자라는군.'

온전하게 회천포를 사용하고 싶었지만, 지금의 몸 상태로는 무리였다.

지난바 공력이 깊다고는 하나 몇 시진에 달하는 경공과 전투를 벌였던 그다. 무리하게 공력을 끌어 올렸으니 내상이 뒤따라오는 건 피할 수 없는 수순이었다.

그러나 확실히 그의 한 수가 효과는 있었다.

가히 무적(無敵)이라 불리어도 손색이 없는 무공을 전개했다.

일행을 주목한 모든 무인들이 그 자리에서 멈추어

섰다. 감히 다가갈 생각조차 못 하는 듯했다.

이목이 집중되었지만, 동시에 다가설 수도 없다.

"어떻게든 따라붙어!"

당선하에게 한마디 외치는 강비.

한진희가 말릴 새도 없이 그녀를 안고 폭발적인 신법을 전개했다.

이전까지와는 전혀 다른 속도, 바닥을 박차고 나아가는데 마치 화포가 쏘아진 것처럼 기세와 속도가 상상을 불허했다.

당선하 역시 숨을 고른 채 경공에 모든 힘을 집중하니 순식간에 그 자리에서 사라져 버렸다.

꿈결처럼 나타났다가 스러져 버린 격전의 현장이었다.

누구도 다가서지 못한다. 흉험한 싸움에 단련이 된 마인들조차 기가 질려 얼어붙었다.

전신(戰神)의 무공을 보여 준 강비.

무자비한 손속을 보여 준 당선하.

이전 사건들과는 격이 다른 주목력을 보여 준 두 사람이다.

암중(暗中)에서 사건을 해결했던 지난날과 달랐다.

이 정도의 무공, 이 정도의 당찬 손속은 구설수에
오를 수밖에 없을 터.

그렇게 사라진 세 사람의 자리 위로, 전설이 되어
버릴 흔적만이 조용히 꽃피우고 있었다.

               *   *   *

"쿨럭."

어느 정도 거리를 벌인 강비는 신법을 멈추자마자
피를 토했다.

창백한 안색. 창을 쥔 손이 조금씩 떨려 왔다.

회천포를 펼친 것만으로도 무리였다. 거기서 한진
희를 안고 최대 공력을 끌어 올려 경공을 펼쳤으니
내상이 심화가 될 수밖에 없다.

한진희가 재빨리 행낭에서 단약 하나를 꺼냈다.

의선문을 나섰을 때 미리 대비하기 위해서 가져온
요상약이었다.

"이걸 복용하고 운기하세요. 호법을 설게요."

그녀가 준 요상약은 받았지만 먹지는 않는다.

"제법 거리를 벌렸지만 아직은 안 돼. 조금 더 벗

어나야 한다. 선하가 올 때까지 일단 기다리자고."

다쳤지만 사태를 바라보는 눈은 냉정했다.

놀랄 일도 아니었다. 이 정도의 상처는 대수로울 것이 못 된다.

거의 죽기 직전까지 가서도 창칼을 휘둘렀던 전장에 비한다면 우습기 짝이 없는 상처다.

물론 남들이 보기에는 마냥 편하지 못했다.

항상 나른한 표정으로 세상만사 귀찮은 듯 행동하는 강비였지만, 막상 전투가 벌어지자 강철 같은 무공을 구사한다. 자신뿐만이 아니라 동행들의 안전을 위해 만전을 기한다.

그것이 한진희의 눈에 새롭게 보였다.

'대단해.'

보면 볼수록 기이한 매력이 있는 사람이다.

그래서일까. 허락도 없이 자신을 안고 왔지만 별반 거부감은 없었다.

곧이어 저 멀리서, 당선하가 다가왔다.

강비보다 한 수 처진다지만 그래도 놀라운 경공이었다. 속도가 그야말로 무지막지했다.

그녀의 몰골도 그다지 좋지 못했다.

일행의 후방에서 온갖 위협을 막아 낸 그녀.

철벽의 무공이라 해도 과언이 아니었다. 강력한 장법과 신기에 이른 암기술로 쏟아지는 모든 공격을 받아 냈다.

소맷자락이 너덜너덜하다. 의복 곳곳은 찢어지고 베어진 자국이 많았다.

그나마 상처는 피했는지 피가 배어 나온 곳은 없었다.

"괜찮나요?"

"저는 괜찮아요. 문제는……."

강비를 보는 당선하가 어깨를 으쓱했다.

"뭐, 죽을 것 같지는 않네요."

"누가 할 말을."

강비가 심드렁한 표정으로 답했다.

내상을 입어 피를 토한 사람이 보일 만한 표정이 아니었다.

기가 막힐 일이다.

당선하가 살짝 눈을 찌푸렸다.

"피를 토했네요?"

"참기 힘들더군."

"흔적 보고 쫓겠어요."

"거리만 더 벌리면 돼. 흔적을 지우고 말고 할 것
도 없어."

"그건 그렇죠."

"조금 더 벗어나도록 하지. 반 시진만 떨어트리면
될 거야."

일행은 다시 한 번 신법을 펼쳤다.

내공 소모가 상당했을 당선하의 신법은 이전과 거
의 차이가 없을 만큼 안정적이고 빨랐다.

한진희 역시 뒤처지지 않기 위해 마음을 다잡고 달
렸다.

몸 상태로 보면 강비가 가장 문제였지만, 오히려
이전보다 더 빨라진 면모를 보이고 있었다.

주위를 둘러보는 눈동자는 날카로웠고 전신에서 발
하는 기질은 첨예하게 곤두섰다.

마지막의 마지막, 혼신의 힘을 다한다.

안전하다고 느낄 때까지는 결코 안전한 게 아니다.
굴강한 마음가짐이었다.

그렇게 산길을 내달리며 중턱까지 내려온 일행이
다.

"여기까지면 되겠어."

바위가 제법 크고 많은 지형이었다.

강비는 재빨리 구석으로 다가가 창을 놓고 가부좌를 틀었다.

입안에 약을 털어 넣고 운기요상을 하는데, 말 그대로 일사천리였다.

당선하 역시 주위를 둘러보며 천천히 운기에 몰두했고, 한진희는 그들 앞에 서서 호법을 섰다.

그녀의 표정은 몇 시진 사이에 상당히 당차졌다.

두 사람의 행동을 보며 깨우친 바가 많았던 것이다. 두 사람처럼 크고 싶은 생각은 없지만, 두 사람에게 배워야 할 건 많았다.

지금은 의원으로서가 아니라 무예를 연마한 무인으로서의 스스로가 필요하다. 그 마음가짐이 그녀의 얼굴에서부터 드러나 있었다.

"생각보다 괜찮아 보이는 걸요?"

강비가 자리를 털고 일어난 것은 한 시진이 지난 이후였다.

창백했던 얼굴엔 혈색이 돌았고, 다소 불안하게 일렁이던 기도는 잠잠해졌다.

운기요상을 한 시간에 비한다면 놀라운 성과다.

"좋은 약을 먹어서 그런가 보지."

한진희가 건넨 요상약은 보통 약이 아니었다.

전설상에나 나오는 신약(神藥)이라 할 순 없었지만, 내부에 탁기를 몰아내고 운기에 탄력을 붙이는 약으로는 비할 데가 없었다.

이 정도 약력이라면 의선문 내에서도 제법 귀하게 취급됐을 것이다.

한진희는 고개를 저었다.

"고마워할 것 없어요. 약을 준 것도 의뢰를 위한 거니까요. 지금 와서 빼앗기면 안 되잖아요?"

제법 선을 긋고 말하는 그녀.

강비가 고개를 갸웃거렸다.

"고맙다고 말한 적은 없는데……."

"…….."

셋은 다시 모여 앉아 이야기를 나누었다.

"이제는 어떻게 할까요?"

"왜 자꾸 나한테 물어? 답지 않게."

"전투 전문이니까요. 난 머리 쓰는 것밖에 못하거든요. 알다시피 현숙한 여인이랍니다."

"웃기는 소리하는군. 아까는 손바닥으로 칼잡이들 찰싹찰싹 잘도 때리더만. 이미 현숙함과는 거리가 멀어."

"위급 상황에서야 별 수 없죠."

"지금도 위급한 건 매한가지야. 머리를 짜내 봐."

"마음 같아선 성도로 가는 게 좋겠는데."

"서안(西安)?"

"그쪽에 정보망이 있거든요. 비선이 깔렸으니 아무래도 행동하는 데에 제약이 다소 풀어지겠죠."

"화산과 종남만 얽혔다면 모르겠지만 저쪽에는 정체를 알 수 없는 사마외도(邪魔外道)의 마인들까지 있어. 죄 없는 민초들이라고 그냥저냥 넘길 놈들이 아닐 텐데."

"그래요, 그게 문제겠죠."

"때가 될 때는 체력도 비축해야 해. 육포나 건량도 바닥이 났어. 사냥해서 생으로 뜯어먹으면 상관없지만, 아무래도 무리겠지?"

"그건 최후의 방법으로 놔두죠. 다른 생각 없어요?"

"글쎄, 아직까지는."

막막한 건 아니지만 그렇다고 마음 편하게 지낼 상황도 아니었다. 셋은 결국 일단 이 자리를 벗어나는 게 좋다고 생각했다.

그렇게 신법을 펼치길 한참.

강비는 느닷없이 머리를 때리는 경종을 느꼈다.

'뭐지?'

선두에서 달리던 그가 신법을 멈추었다.

자연스레 뒤따르던 두 여인도 멈출 수밖에 없었다.

"왜 그래요?"

"잠깐 기다려 봐."

강비가 뒤를 바라보았다.

산을 내려오는 길이다.

주변의 기척을 살폈지만 딱히 무인으로 생각되는 기척은 없다.

들짐승 몇 마리 정도, 그것도 호랑이나 늑대, 멧돼지가 아닌 바에야 위협이 될 수준도 아니었다.

'왜지? 뭐가 이렇게……'

머리 한쪽이 뻐근해졌다.

갑작스레 등허리가 서늘해지는 기분이었다.

이 느낌, 분명히 알고 있다.

불안감이라는 수준을 넘어선 불안감. 거세기 짝이 없는 무언가가 다가오고 있다는 예감.

강비의 나른한 눈에 긴장의 빛이 올라왔다.

현성진인이 쫓아오던 그때의 예감이다.

위협은 되었을지언정 피냄새가 나진 않았던 그때와 다르다.

물씬 풍기는 피냄새. 명백한 살의(殺意)가 엿보인다.

저 멀리서, 구름처럼 다가오는 살기의 파동이 있었다.

'누군가가 쫓아오는가?'

호천패왕기가 홀연히 일어나 전신의 긴장을 풀어주었다.

그러나 그것만으로도 전부 해소하진 못한다. 창을 쥔 그의 손에 핏줄이 섰다.

"먼저 가."

"네? 무슨 말이에요?"

"누군가가 오고 있어. 둘은 서안으로 간다. 나는 여기서 길목을 막겠어. 이틀 이내로 연락하지 않으면 둘 먼저 의선문으로 향해."

"아니 당최 무슨 말인지 알아야……."

"설명할 시간이 없어! 어서 가!"

강비의 나른한 표정에서 뭔가 모를 급박함이 느껴졌다.

당선하의 얼굴도 더불어 굳어졌다.

비록 여러모로 감당이 안 되는 인간이긴 하지만, 이럴 때의 강비는 다르다. 진진함과 긴장이 느껴지고 있었다.

"알겠어요."

"이걸 가져가."

품에서 자그마한 패 하나를 꺼내 건넨다.

바로 야행복을 입은 이의 품에서 꺼낸 패였다.

"서안, 비선망을 찾아요. 가까운 주루에 있을 테니까."

대답하지 않는 강비.

이미 그의 눈은 저 어느 곳인가, 알 수 없는 상대를 향해 쏘아지고 있는 상태였다.

영문도 모른 채 두 여인은 서둘러 산길을 내려갔다.

빠르고도 빠른 신법, 지금까지 달려왔던 속도와 또

다르다.

강비는 패왕의 진기를 전신에 휘돌렸다.

다행히 한진희의 요상약 덕분에 구 할 이상은 공력을 수복한 상태다. 상처가 낫진 않았지만, 이 정도라면 본신의 기량을 아낌없이 보일 수 있는 상태다.

문제라면 역시나 상대의 수준.

'헛짓이면 어쩌나.'

물론 그럴 리는 없었다.

강비는 자신의 육감을 믿었다.

아니나 다를까.

마치 달구어진 솥뚜껑을 열 때 뜨거운 열기가 화악 솟구치는 것처럼, 그의 전면으로 다가오는 무시무시한 살기의 덩어리가 있었다.

강비의 이마에 땀 한 방울이 흘렀다.

'강자.'

강한 자가 오고 있다.

강자일 뿐만 아니라, 반드시 죽이겠다는 의지가 한가득인 자였다.

살기와 마기가 뒤섞여, 다가오는 기세를 마주하는 것만으로도 손에 땀이 서릴 지경이다.

'여기로 오라.'

강비 역시 본신의 힘을 개방했다.

다가오는 위협에 못지않은 힘.

순간적으로 방출하는 기파가 사위를 휩쓸었다.

다른 어떤 곳도 아닌, 이곳으로 오라는 결의가 느껴지는 기파였다.

상대도 그것을 알았는지 중구난방으로 요동치던 살기가 명확하게 강비 쪽으로 돌아갔다.

기로 느끼고 기로 대화한다. 진짜배기 고수들의 힘은 그와 같았다.

마침내 도달한 한 명의 사내.

나뭇가지를 박차고 날아와 사뿐하게 내려앉는 동작이 고고한 학과 같았다. 산뜻한 신법, 흩날리는 장포 자락이 유려한 움직임을 발한다.

사내는 서른이 조금 넘어 보이는 얼굴이었다.

강인한 외모, 굴강한 기도. 짙은 눈썹과 우뚝 솟은 콧날이 사내다움의 절정이다.

그러나 온몸에서 발산하는 살기는 남자다운 패기보다 지옥에서 갓 올라온 악마의 마기에 가까웠다. 뒤죽박죽, 흉악하다는 느낌이 절로 들 만큼 거센 기파였다.

등 뒤에는 무려 다섯 자가 넘는 대검(大劍)을 매고 있었다.

길이만 긴 것이 아니라 검폭 역시 엄청나다. 평범한 장검 네다섯 개를 넘는 너비에 두께도 무지막지했다.

무예를 모르는 범부라면 들기도 벅찰 것 같은 엄청난 거검(巨劍).

사내의 눈이 강비에게 닿았다.

두 남자의 눈이 허공에서 얽히고설킨다.

가늠하기 힘든 눈빛이라는 건 두 남자 모두에게 통용되는 것, 비록 전투 의지로 가득하지만 둘은 서로에게 놀라고 있었다.

먼저 입을 연 것은 대검의 사내 쪽이었다.

"의선총경을 탈취한 자들의 흔적을 읽고 왔다. 본림의 도객들을 제법 망가트렸더군. 마침 가까워서 쫓았는데, 과연 그럴 만한 실력이야."

담담한 어조였다.

강비의 굵은 목소리보다도 훨씬 굵어서 마치 동굴에서 울리는 것 같았다.

목소리만 들어도 사지에 힘이 빠질 것 같은, 늪지대를 닮은 음성.

"너, 이름이 뭐냐."

강비가 나른한 표정을 지우지 않고 답했다.

"이름 따위 알려고 쫓아온 건 아니잖아."

위엄이 가득 느껴지는 사내의 음성을 송두리째 무너뜨리는 나른함이었다.

사내의 눈에 이채가 띠었다.

"맞는 말이다. 문답무용이겠지. 하지만 하나는 더 물어야겠다."

천천히 검을 빼 드는 사내.

검집에서 나오는 모습.

길고 두꺼운 대검의 검신(劍身)은 시뻘건 적색이었다.

마치 방금 전에 피를 본 것처럼, 불길한 혈기(血氣)가 가득하다. 어떤 철로 만들어졌는지 모르겠지만 예사 검은 아닌 것 같았다.

검병(劍柄)부터 검신까지 고풍스러운 느낌으로 주조된 대검.

희대의 마검(魔劍)이라 불리기에 부족함이 없는 음

산함이었다. 이렇게 직접 보니 가히 압도적이라는 표현이 어울렸다.

"의선총경을 든 두 여자는 어디로 빼돌렸나?"

그것까지 알고 있는가.

당연하다면 당연한 일이다.

나름대로 기척을 숨겼음에도 예까지 찾아온 것, 추격술에 일가견이 있다는 뜻이다.

더불어 앞을 막았던 도객들과 한통속인 것 같은데, 당연히 세 명이 어떤 특성을 가진 이들인지 알 수 있을 것이다.

강비가 창을 까딱였다.

"잔말 말고 와라. 생긴 것 답지 않게 말이 많군."

상대를 격동시키는 어조였다.

상호를 잡았을 때처럼 묘하게 도발적이다.

나름의 부동심을 얻었다 하는 무인들조차 기가 차서 덤볐을 도발. 그러나 사내는 흔들리지 않았다. 마공을 익힌 것 같은데도 철벽의 부동심을 얻은 것 같았다.

그저 살짝 고개를 저을 뿐이다.

"결국 힘으로 알아볼 수밖에 없는 것인가."

천천히 기세를 올린다.

강비의 눈에 미약한 긴장이 흘렀다.

'강하다, 이놈은 진짜 강해.'

단순한 무력이라면 현성진인보다 아래다.

지금의 강비와 엇비슷한 수준, 단순 비교라면 백지 한 장 차이라고 할 수 있을지 모르겠다.

그러나 현성진인보다도 훨씬 더 까다로운 면이 사내에게는 있었다.

이 사내는 결코 자비 따위 모른다.

죽인다고 마음을 먹으면 세상 끝까지라도 추격해서 죽인다. 일말의 가능성도 남기지 않은 채 수틀리면 모든 걸 박살 내는 위인이었다.

도객들과는 아예 비교 자체가 되지 않는 마인임이 분명했다.

'하필이면⋯⋯! 기세로 눌러나 질까.'

전장이라고 이런 자들이 없었을까.

지난바 무위는 비교조차 되지 않겠지만 무조건 적의 파멸만을 위해 무차별 공세를 펼쳤던 적군들의 숫자는 상상을 초월했다.

그때의 기억을 살리자면 어떻게 상대를 다루어야

할지 감이 왔다.

하지만 이런 일대일 무인과의 생사결에서 그것이 가능은 할지.

"당장 죽이진 않을 거다. 그러나 팔 하나 날아갈 각오는 해 둬."

벌써부터 이긴 것 같은 말투였다. 내심과는 달리 강비가 어깨를 으쓱했다.

"싸움은 해보지 않으면 모르는 거야. 어디서 배웠는지 모르겠지만 말을 들어 보니 수준을 알 만하군."

이것만큼은 먹혔는지 사내의 눈에서 살기가 짙어졌다.

"죽어라."

명령조.

스스로 자살을 해야 할 것 같은 위엄 어린 음성이었다. 동시에 다가오는 사내가 묵직한 대검을 휘둘렀다.

부아아앙!

공기가 미친 듯이 요동치며 달아나고 있었다.

단순한 참격인데도 세상이 반으로 쪼개질 것만 같다. 강비의 몸이 뒤틀리고 창대로 대검의 검신을 후려쳤다.

쩌엉!

가벼운 부딪침이다.

서로의 힘을 충분히 알아볼 수 있을 만한 일격의 교환이었다. 누가 더 강하지도, 약하지도 않은 겨룸.

하지만 강비는 저도 모르게 서너 발자국 뒤로 물러섰다. 육체가 기억하는 본능적인 대처였다.

퍼엉!

그가 선 자리에 다시 한 번 대검이 꽂혔다. 뭔가 모를 불안감 때문에 물러섰는데, 그러지 않았다면 다리 하나가 통째로 날아갔을 법한 일격이었다.

'뭐지?'

가슴이 시리다.

무지막지한 참격을 피했는데 갑자기 검이 사라지더니, 기척도 없이 하체를 노려왔다.

사내의 눈이 반짝였다.

살기로 범벅이 된 눈동자지만 흥미로움이 엿보인다. 이번 일격을 피한 강비에게 조금은 감탄한 것 같았다.

그러나 흥미로움이 사라지는 시간도 찰나였다.

미친 듯이 달려와 검을 휘두르는 사내.

강비도 마주 창을 뻗었다.

쩌저정! 까앙!

검과 창이 격렬하게 얽혔다.

무시무시한 공력이 한껏 서린 병장기들이 서로의 목덜미를 깨물기 위해 전진하고 있었다.

강비의 눈에 힘이 들어갔다.

'역시 강하다.'

창과 검이 부딪치는데 손에서 느껴지는 반동이 그야말로 엄청났다. 한번 쳐 낼 때마다 손아귀가 저리다.

지난바 공력은 엇비슷해서인지 경력의 폭발로 어느 정도 해소가 된다지만 잔여 충격은 온몸을 들썩이게 하고도 남았다.

사내의 검은 강했다.

강해도 보통 강한 것이 아니었다.

강공(强攻)이라면 강비 역시 결코 뒤지지 않지만 사내의 검은 또 다른 경지의 강함이었다. 휘두르고 찌르는 지극히 단순한 검결에는 산이라도 뭉개 버릴 듯한 패력이 함께 한다.

단순하지만 결코 단순하지 않은 마도(魔道)의 검공
(劍功)이었다.

강비처럼 실전을 겪지 않아도, 무공 자체가 극강인
지라 모조리 날려 버릴 기세다.

부아앙!

허공을 가를 때마다 공기가 찢어지고 있었다.

소리부터가 일단 위협적이다.

일격을 허용하는 즉시, 못해도 사경을 헤맬 것 같
은 위압이었다.

스르륵.

장창이 일순 흐느적거리며 사내의 목덜미를 노렸
다.

패력의 공방, 강함과 강함의 격전에서 느닷없이 달
라진 공격법. 회심의 일격이라 해도 모자람이 없었
다.

부드러운 살의, 마치 독사가 입을 벌리고 다가오는
것 같았다.

그 누구라도 피하기 어려운 한 수.

사내는 가볍게 고개를 젖히고 검병의 끝으로 창대
를 올려쳐 창의 투로를 막았다.

빨랐지만 여유롭다.

막힌 창대가 부러질 듯 위로 튕겨 나갔다. 서둘러 빼지 않았다면 창날이 깨질 뻔했다.

강비는 진심으로 사내에게 감탄했다.

'역시나.'

저 무거운 대검을 휘두르면서도 한 점 힘든 기색이 없다. 육체와 기의 단련이 절정에 이르렀다는 증거였다.

더군다나 검신이 아니라 검병의 끝부분으로 튕겨낸다. 임기응변이 지닌 무공만큼이나 대단하다.

동시에 쏘아지는 대검.

불길하게 일렁이는 핏빛 검신이 눈 한가득 들어왔다. 자칫하다간 머리통이 날아간다. 창대로 올려쳐 검신을 막고 재차 공격을 감행했지만, 이번에도 무산이다.

치고 막는 공방전, 손속의 빠름이 눈이 부시다. 어느 한쪽도 우위를 점하지 못하고 있었다.

강비가 감탄했다면, 사내 또한 강비에게 감탄을 아니 할 수가 없었다.

'이런 놈이 있나!'

언뜻 보아도 구대문파 출신은 아니다.

무공은 무척이나 정심했지만, 흘리는 기질은 마치 전장의 장수와 같았다. 거친 기파가 황야의 냄새를 간직한 야인의 그것과 다를 바 없었다.

휘두르는 창술은 또 어떠한가.

연원을 알 수 없는 무공인데도 강철처럼 단단하고 야수처럼 위협적이다. 마치 용 한 마리가 미친 듯이 달려와 물어뜯는 환상이 어릴 정도였다.

'이 정도라면……'

림(林)에서도 이런 자는 없었다.

이보다 강한 자는 상당수 존재하지만 이만큼 독특한 기도를 가진 자는 눈을 씻고 찾아도 찾을 수가 없다.

거칠 것 없이 대지를 달리는 야수와 다를 바 없는 자.

쩌저적.

박빙의 승부가 흔들린 건 거의 백여 합을 겨룬 이후였다.

사내의 대검은 멀쩡했지만, 강비의 장창에는 점점 문제가 드러났다.

창날에는 이가 빠졌고, 창대는 비명을 지르고 있었다.

당장 부러져도 할 말이 없는 상태, 어떻게든 강비의 공력으로 버티고 있지만, 한 수, 한 수가 위태롭다.

병장기의 차이였다.

그의 창 역시 진관호가 구해 준, 신병이기라 할 순 없어도 어디에서 쉬이 구하지 못 할 창이 분명했지만, 사내가 휘두르는 검은 명검, 보검의 수준조차도 넘어섰다. 절세의 마병(魔兵)이라 해도 무방하다.

검 자체에서 마기가 흐르고 있다는 것 하나만 봐도 범상치가 않다.

본신의 힘 이상의 역량을 끌어 올려 주는 병기, 드넓은 천하에서도 연이 닿지 않으면 구경조차 할 수 없을 병장기다. 엇비슷한 실력이라면 당연히 강비가 불리할 수밖에 없었다.

사내의 눈에 살기가 짙어졌다.

휘두르는 대검, 목표는 창날이었다.

쩌어어엉!

결국, 강비의 창날이 깨져 버렸다.

파편이 여기저기 튀어 나간다.

번쩍이는 불똥 사이, 강비의 눈동자에도 강렬한 광채가 발해진다.

'지금 여기!'

창날이 깨져 철봉이 되어 버린 창.

그의 창이 찰나지간 무지막지한 회전을 먹였다.

대기에 퍼진 기가 급속도로 빨려 들어간다.

사내는 일순 등골이 오싹한 기분을 맛보았다.

이건 다르다.

상대가 무시무시한 무력을 전개한다는 것을 본능적으로 깨닫는다. 몸이 뒤틀린 상황, 피할 순 없다. 그렇다면 무조건 막아야 한다.

사내의 검에서도 짙은 혈광이 어렸다.

돌풍을 일으키며 전진하는 회천포와 세상을 갈라 버릴 것 같은 패력의 혈운참(血雲斬)이 정면으로 충돌했다.

콰아아앙! 쩌저저적!

"큭."

"커헉!"

누가 먼저랄 것도 없이 물러서는 둘.

경력의 충돌, 파괴의 여파가 엄청났다.

충돌 부근 대지에는 금이 쩍쩍 갈라지고, 튕겨 나간 경력에 맞은 나무가 중단부터 터져 나갔다.

뒤늦게 무공을 전개했음에도 사내가 삼 장을 물러선 반면 강비는 오 장이나 물러서야 했다.

그만큼 받은 충격이 큰 것이다.

무공의 강렬함에 마검, 병장기의 파괴력이 더해진 결과였다. 병기의 힘이 압도적인 것이다.

강비의 입에서 피가 울컥 쏟아졌다.

그럼에도 그의 눈은 불길처럼 타올랐다.

언제나 그의 살기는 거셌다.

사내의 살기가 끈적끈적한 핏빛이라면 강비의 살기는 세상을 태워 버릴 화염이다. 평소에는 잠잠하나, 싸우면 싸울수록 타오른다.

물러서는 와중에도 그는 반밖에 남지 않은 창대를 온몸을 휘돌려 쏘아 냈다.

무시무시한 속도, 승리를 위해 자신의 몸 상태는 아예 돌보지도 않겠다는 기세였다.

부아아앙!

허공을 찢어발기며 나아가는 철봉.

엄청난 전사력이 걸린 건 회천포.

맨손으로 펼치는 것보다 위력은 줄어들었을지언정, 사람 목숨 하나 빼앗기에는 넘치도록 살벌한 공격이었다. 어지간한 무력으로는 막지도, 피하지도 못한다.

사내의 검이 급박하게 올라갔다.

쩌저저정!

어떻게 해서든 대검으로 막아 냈지만 튕겨 나간 철봉이 그의 어깨를 후려치고 허공 높이 날았다.

반사적으로 막아 내지 않았다면 후려치는 걸 넘어서 뜯겨져 나갔을 것이다.

'부러졌다.'

좌측 어깨에서 퍼지는 강렬한 통증.

다행히 박살까진 나지 않았으나 그대로 부러졌다. 더불어 철봉에 실린 패왕진기가 급속도로 내부에 침투한다. 그 짧은 시간에 시행한 무자비한 공격, 내공까지 충만하게 채워 놓았다.

실로 놀라운 놈이었다.

"커헉!"

강비는 그대로 주저앉아 피를 토했다.

충격완화로 내부를 보호해도 모자랄 판에 물러서는 와중 한 번 더 공격을 감행했다.

순식간에 내부가 엉망이 되었다. 진기가 미쳐서 날뛰었고 기혈 곳곳이 무서운 속도로 손상되었다. 눈앞이 아찔할 정도였다.

'제기랄.'

극심한 내상.

그럼에도 강비는 일어섰다.

백지장처럼 창백한 안색이지만 눈빛은 변함이 없다.

파바박!

창이 없음에도 나아간다.

내상을 감수하고 공력을 끌어 올려 돌진한다.

그야말로 성난 파도처럼 나아가는 기세, 맞상대하는 사내의 얼굴에도 질린 기색이 역력했다.

"이런 미친!"

누구보다도 상대의 상태를 잘 알고 있는 사내로서는 피를 뿌리며 전진하는 강비가 천하에 다시없을 미친놈으로밖에 보이지 않았다.

빠르게 짓쳐 드는 강비.

사내 역시 심해질 내상을 각오하고 검을 휘둘렀지만 강비의 탄력적인 신법은 무지막지하게 품으로 파고들었다.

파아앙! 퍼버벅!

창법, 광룡창식(狂龍槍式)과 함께 그의 진신절기라 할 수 있는 야왕신권(野王神拳)이 모습을 드러낸다.

일격필살의 무도.

후려치는 권경(拳勁)과 뜯어내는 조수(爪手), 허공에서 찍어 내리는 슬격(膝擊)의 삼 연격이 찰나지간 격중 한다.

어느 하나만 제대로 맞아도 즉사를 면치 못한다. 대부분 흘렸지만 충격이 이만저만이 아니었다.

사내의 몸이 미친 듯이 들썩이며 뒤로 물러났다.

찌이익.

강비라고 무사한 건 아니었다.

휘두르는 검, 제대로 일격을 먹었다.

좌측 어깨부터 우측 복부까지 베인 것이다.

내장까지 닿지는 않았지만 상처를 통해서 쑤시고 들어오는 마기의 경력이 엄청나게 고통스러웠다. 코와 입에서 다시 한 번 피가 터졌다.

그래도 그의 눈은 죽지 않았다.

단순한 상처로 볼 때, 사내보다 강비가 더 중상이

었다.

내상은 갈수록 심해져만 갔고 이제는 검격까지 허용했다.

외부에서 들어오는 마기와 내부에서 터지는 폭발이 연쇄 작용을 일으켜 몸을 천근만근으로 만들고 있었다.

그럼에도, 다시 한 번 전진이었다.

부드럽게 들어오는 상대는 힘으로 박살 내고, 힘으로 들어온 상대는 더 강한 힘으로 박살 낸다. 기백으로 굴복시키는 것이다.

강비의 눈동자는 화염 그 자체로 변하고 있었다.

싸우기 전에는 상대의 살기에 긴장했지만, 싸우는 도중에 상대를 압도한다.

선장의 법도였다.

사기, 군기(軍氣)로 적을 눌러 버리는 것.

사내의 눈에 무서운 속도로 다가오는 강비의 등 뒤로 환상처럼 일어난 대군(大軍)의 환상이 보였다.

급박하게 움직이며 방어하기 급급한 사내의 검을 모조리 튕겨 냈다. 소매가 터지고 팔뚝 곳곳에 검상이 새겨졌지만 그의 주먹은 물러서지 않았다.

그리고 기어이, 그의 손이 사내의 가슴에 닿았다.

"합!"

짤막한 기합성과 함께 촌경(寸勁)을 때려 박았다.

퍼어엉!

"커헉!"

쥐어짠 모든 공력이 이 한 수에 다 들어 있었다.

사내가 피분수를 뿌리며 떨어져 나갔다.

무거운 대검을 여전히 쥐고는 있었지만 몇 번 구르고 다시 일어서질 못하고 있었다.

한쪽 무릎을 꿇은 채, 떨리는 눈으로 강비를 바라본다.

먼저 심한 내상을 입은 건 강비였지만, 이번 한 수로 동격이 되어 버렸다.

사내의 얼굴이 일그러지며 몇 번이나 피를 토했다.

극심한 내상, 자칫 잘못하면 목숨조차 잃을 수 있는 일격이었다.

내부를 박살 내 버리는 촌경.

갈비뼈 여섯 대가 부러졌고, 내장 곳곳에 출혈이 터졌다. 보통 사람이라면 고통으로 기절부터 했을 심각한 부상이었다. 살아 있는 게 신기할 지경이다.

울컥 넘어오는 핏덩이를 한 번 더 뱉은 사내가 떨리는 입을 떼었다.

"이런 미친놈이⋯⋯."

기가 막힌다.

본인의 생명을 걸지 않은 이상 이런 공격은 할 수가 없다.

아니, 단순히 생명을 건 것 이상이었다. 몇 되지도 않을 확률에 목숨을 건 것과 진배없었다.

강비가 살짝 웃었다.

하얗게 드러나는 이빨이 피로 젖어 붉었다.

"전세를 역전시키는 싸움이야 이골이 나서."

온몸이 피로 젖은 그가 천천히 일어서 사내를 굽어보았다.

말은 그리했지만, 강비로서도 아찔했던 일전이었다.

호천패왕기의 신비로운 힘을 믿었기에 가능했다.

만약 패왕의 진기가 육신을 끝까지 보호해 주지 않았다면 애초에 일어설 수조차 없었을 것이다.

"더 할래? 아니면 얌전히 꽁무니 뺄래. 입맛대로 골라 봐."

이 와중에도 도발이다.

도발은 도발이되, 진심이 어려서 더 무섭다.

투지로 빛나는 강비의 눈동자는 진심으로 묻고 있었다.

물러나면 놔주지만, 싸운다면 죽이겠다.

누구 하나 우위를 점하지 못했음에도 그의 모습에선 강자(强者)의 풍모가 묻어 나왔다.

내상의 엄중함, 잔존한 힘의 농도까지 비슷했지만 누가 보아도 승자는 강비였다. 기세 싸움에서 누른 강비이니만큼 여기서 더 싸우는 것도 사내에겐 웃기는 일이리라.

그의 눈이 흉험한 살기를 발했다가 이내 냉정하게 굳어졌다.

'일부러 상대를 살려 줄 놈은 아니야. 후환 때문에라도 어떻게든 죽일 놈이지. 그럼에도 보내 준다. 이유가 뭐지?'

답은 금방 나왔다.

훗날의 귀찮음을 감수하고 보내 주는 것, 바로 뒤따라올 추격자들을 걱정하는 것이다.

이대로 죽이면 오히려 시간을 끌 수 있겠지만, 뒤

늦게 상관의 죽음을 알게 된 수하들은 목숨을 버릴 각오를 하면서 쫓아올 것이다.

마음가짐부터가 달라질 것이라는 이야기다.

일견 우스워 보이지만 기세와 마음가짐이라는 것은 어떤 곳에서든 절대로 무시할 수 없는 요인이다.

모든 것을 포기해서라도 의선총경을 쫓을 것이고, 강비를 쫓을 것이고, 힘이 닿는 한까지 전부 박살 낼 것이다.

사내의 성격을 알아챈 만큼 그 집단의 기색까지 파악한 결과라 할 수 있었다.

하지만 계속 할 거라면 그도 어쩔 수 없는 일이니 깔끔하게 죽인다.

어느 쪽을 선택해도 자신은 해될 것이 없다는 저 마음가짐이 지닌 무력보다도 무서웠다.

사내는 난생처음으로 동년배에게 알 수 없는 두려움을 느꼈다.

천천히 일어선 사내가 진중한 목소리로 물었다.

"이름이 뭐냐."

처음 만났을 때 물었던 물음이다.

그러나 무게가 달랐다.

강비 역시 그 무게를 무시할 수 없었다.

"강비."

"나는 비사림(秘死林)의 광호(光虎)라 한다. 훗날, 다시 볼 날이 올 것이다. 그때까지 목 간수 잘해라. 네놈 목은 내가 베겠다."

비사림.

한 번도 들어 보지 못한 단체였다. 적어도 저 광호라는 자가 속한 집단인 만큼 보통 세력은 아닐 것이다.

"알았으니 이만 가 봐."

등을 돌리던 광호가 멈칫 했지만, 이내 다시 걸음을 옮긴다. 그처럼 심한 내상을 입고도 걸음걸이에 흔들림이라곤 찾아볼 수 없다. 무력도 놀랍지만 인내심도 대단하다.

시야에서 광호가 완전히 사라지자 강비의 얼굴이 대번에 일그러졌다.

"쿨럭!"

다시 한 번 토해지는 피다.

다행이 이번에 토한 피는 거무죽죽한 죽은 피였다.

실낱같이 미약한 호천패왕진기가 내상을 천천히 수

복하면서도 탁혈을 몰아낸 것이다.

가슴이 한결 시원해졌지만 그렇다고 안심할 순 없다.

여전히 중상은 중상.

이대로 요양만 한다면야 좋겠지만 다시 움직여야 했다.

그는 걸음을 옮기면서, 조금 전에 싸웠던 광호란 작자를 생각했다.

'대단했다.'

정심한 정통 무공이 아닌 사마외도의 마공을 익힌 자가 분명한데도 펼치는 무력에 파탄이 보이지가 않았다. 불길한 마공이되, 깊이는 어떠한 정종무공 못지않은 불세출의 절기란 뜻이었다.

이번엔 어떻게든 기백으로 물러나게 했지만 다음에 다시 겨룬다면 승부의 향방이 어디로 향할지 알 수가 없다.

그만큼 호각지세(互角之勢)였다.

'세상은 넓구나.'

천하에는 얼마나 강자가 많은가.

서문종신에게서 가르침을 받고 무공에 급격한 성장

을 이루었던 강비였다.

하지만 그럼에도 상대하기 어려운 자들이 속출하고 있다.

실상 이전 야행인도 경험이 부족했다 뿐이지, 단순한 무공의 경지로만 본다면 자신에 비해 크게 떨어지는 게 아니었다. 무인으로서 모자랄 뿐, 이룬 경지만큼은 높았다는 것이다.

'자만했다. 나는 아직도 부족해.'

무도(武道)를 추구하며 한시라도 노력하지 않은 적은 없지만, 마음 한편에 어느 정도 자만심은 가지고 있었던 모양이다.

이래서는 안 된다. 여기서 만족할 순 없었다.

무도라는 산의 중턱에는 올랐다고 생각했는데 보아하니 중턱은커녕 이제 초입이나 될까 싶었다.

이 정도 무력이라면 어딜 가서도 부족하진 않겠지만, 또한 어디에나 있을 법한 무력이란 소리다.

그렇게 스스로 자책하며 길을 나선 강비.

어느 순간 세상이 뒤바뀌는 어지러움을 느끼며 풀썩 주저앉았다. 조금만 더 가면 산길을 벗어날 수 있는데 더 이상 전진할 수가 없었다.

'피가⋯⋯.'

과다출혈.

심각한 내상에 잦은 토혈, 거기에 검상까지 입었다. 지혈은 했다지만 쏟아 낸 피가 몇 바가지인지 모르겠다. 패왕진기로 어떻게든 버텼지만 더 이상은 무리였다.

의지력으로 이겨 낼 수 없는 몸의 경고.

쓰러진 그의 눈이 기어이 감기고야 말았다.

2.
인연(因緣)

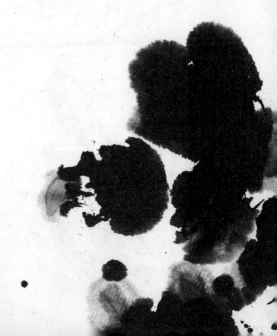

옥인은 익숙하게 천을 둘러 어깨를 감았다.

좌측 어깨, 도상.

뼈가 상하진 않았지만 제법 깊게 베였다. 자칫 잘못했으면 어깨 하나가 날아갈 뻔했다.

아찔했던 순간이다.

순식간에 어깨를 봉하고 검을 쥔 그의 시야에 피범벅이 된 주변이 보였다.

수많은 시체들이 차가운 대지에 몸을 뉘였다. 그 수만 대략 삼십에 달한다.

도통 정체를 알 수 없는 무리들과 이곳까지 추격한

몇몇 매화검수들의 시신이 난마로 얽혔다.

참혹한 현장이었다.

그의 눈에 작은 슬픔이 어렸다.

'편히들 쉬어라.'

동문의 사형제지간.

임무를 위해서 목숨을 걸고 하산했던 매화검수, 화산파의 자랑.

정체불명의 마인들과 일전을 벌였지만 후기지수의 정점이라는 매화검수들의 무공도 실전의 흉악함이 담뿍 배인 마인들의 칼질을 완전히 감당하지 못했다.

그리고 그것은 자신도 마찬가지다.

본신의 힘을 전부 개방하지 않았다 한들 화산파의 절학은 천하 절정이라 할 만하다. 충분히 이들을 물리칠 수 있을 거라 생각했다.

오만이고 자만이었다.

실전도 실전 나름인 것이다.

자신의 목숨을 도외시하고 필요하다면 동료들의 몸에 칼까지 박아 넣으며 전진하는 마인들의 행태는 말그대로 악귀들과 다를 바 없었다.

경험이 남달랐던 옥인으로서도 소름이 돋을 지경이

었다.

결국에는 홀로 살아남았다.

이곳에 모인 어린 매화검수들은 전부 죽음을 면치 못했다.

'대사형과 사제는 어떨지…….'

난전의 와중 흩어진 세 사형제. 그의 눈에 걱정 어린 기색이 다분했다.

'여기서 쉴 틈이 없어. 도우러 가야 한다.'

자리에서 일어선 그가 등을 돌렸다.

임무를 띠고 하산했으나, 의문의 무리들과 싸워 장렬하게 산화한 매화검수들. 그들의 시신이라도 묻어 주고 싶었지만 지금은 그럴 때가 아니었다.

'내가 못나서 그렇다. 더 이상은 실수하지 않겠어.'

천천히 고개를 드는 화산의 자존심.

옥인의 강렬한 눈동자가 천공의 검기를 품었다.

전대, 이전 세대에서도 가장 천하제일에 가까웠다고 전해지는 불세출의 무신(武神)이 있었으니, 세인들은 그를 두고 서악(西岳)의 제왕, 화산무제(華山武帝)라 하였다.

전대 화산파 장로 화산무제 소요자(逍遙子).

세상에 얼굴을 보인 지 너무나 오래되었기에 등선했다고 알려진 소요자의 심득을 얻은 최강의 매화검수가 마침내 진정한 눈을 뜨는 순간이었다.

*　　　　*　　　　*

"이제 눈을 뜨는가."

의식이 돌아오고 감았던 눈이 뜨였다.

육체의 눈이 뜨이자 온몸이 깨어난다.

미친 듯한 통증이 전신을 치달렸다. 절로 신음이 나오지만 꾹 참아 냈다.

"인내심이 강한 아이로군. 내상은 잡았다지만 외상 역시 무시할 만한 것이 아닌데."

아릿하게 들리는 목소리였다.

나이 든 노인의 목소리.

늙수레한 가운데에 또렷하고 강렬한 힘이 있었다.

그 와중에도 편안하다. 어느 하나의 분위기로 판단할 수 없는 목소리가 머리를 울렸다.

'동굴?'

조금 습한 동굴이었다.

천천히 몸을 일으키는 강비.

상체를 사선으로 가로지르는 검상의 통증이 있었지만 그는 눈살 한 번 찌푸리는 것으로 신음을 대신했다.

자동적으로 기를 운용했다. 단전에 쌓인 기운을 인도한다.

강비의 눈에 이채가 발해졌다.

그토록 심한 내상, 내공도 다 고갈되었다.

분명 정신을 잃기 전에는 그러했다.

한데 지금의 몸, 심각하기 짝이 없던 내상 대부분이 나은 건 물론이거니와 흐르는 진기가 도도했다.

정상적인 몸 상태라 보기엔 어렵지만, 운신하기에 부족함이 없는 상태.

그는 이 목소리의 주인이 자신을 돌보아 주었다는 걸 깨달았다.

"누구시오?"

"네가 짐작한 사람이지. 너의 상처를 치료해 주고, 쓰러진 널 이 동굴까지 데려온 사람이다. 다소 습하여 환자가 눕기엔 부적절하다만, 지금의 너라면 괜찮을 것 같았느니라."

아득한 선기(仙氣)가 묻어 나오는 목소리였다.

강비는 등줄기를 훑고 지나가는 서늘함을 느꼈다.

오감이 제자리를 찾고 내공이 활발하게 돌아가자
이 정체불명의 목소리를 발하는 자에게서 말 못 할
무언가를 느꼈기 때문이다.

동굴 입구에 앉은 노인.

새하얀 도포 자락이 어울리는 노인이었다.

그야말로 신선의 풍모랄까. 곱게 넘긴 머리카락과
수염은 잘 다듬지 않았어도 고아하기 짝이 없다. 온
몸 가득 구름과도 같은 선기가 자욱하게 퍼져 나오는
것 같았다.

세상 누구라도 마주하면 고개부터 숙여야 할 정도
로 고아한 기운이었다.

'사람이 아니다?'

분명 사람의 형상을 한 노인이되 강비가 느낀 노인
은 사람이 아니었다.

사람이라면 이런 말도 안 되는 분위기를 풍길 수
없기 때문이다.

생기(生氣)마저도 선기(仙氣)로 바뀐 것 같은 이질

감. 하지만 선기이기 때문에, 그러한 이질감조차 자연스러움으로 바뀐 듯한 청명한 기도.

감히 측량할 수 없는 거대한 무언가가 사람의 육신에 들어서 있다.

진짜 신선이 있다면, 눈앞에 이 노도가 아닐까 싶었다.

"허허…… 빠르구나, 참으로 빨라. 그 녀석도 그러했지. 진중한 가운데 누구보다도 격렬한 열정을 가슴에 품고 있는 녀석이었다. 또래 아이들 중 특히나 돋보이는 무재(武才)라, 내 직접 도명(道名)을 광무(廣武)라 지었더랬지."

강비의 눈이 찢어질 듯 커졌다.

광무, 광무진인.

다른 누구도 아닌, 자신의 스승의 도호였다.

눈앞의 이 노인은 누구이기에 자신의 스승을 아는 것인가.

"사부님을 아십니까?"

절로 존대가 나올 수밖에 없었다.

노인은 무엇이 그리 재미있는지 너털웃음을 지었다.

"역시나 네 몸에 가득한 내기(內氣)는 광무가 남긴 것이로구나. 광무를 아는가 물었느냐? 알지. 알다마다. 내가 모르면 누가 광무를 알까. 내가 가르쳤던 아이들 중, 그처럼 무예에 출중한 제자가 또 없었느니라."

광무진인의 스승을 자처하는 자.

그 말이 맞는다면 강비에게는 태사부가 되는 분이다.

세상일에 우연 따위 없다고 믿는 강비였지만, 그는 기이한 감각을 느꼈다.

광무진인, 자신의 스승을 가르쳤다고 말하는 눈앞의 이 노도(老道)를 보며 그의 말이 사실이라는 걸 온몸으로 느낄 수 있었던 것이다.

어떠한 이론도 논리도 필요가 없다.

이 사람이 정신을 잃은 자신의 앞에 어떻게 나타났는지, 왜 나타났는지 모든 것을 뒤로한다.

불필요한 의문들이다.

존재 자체가 진실이며 내뱉는 말은 진실의 확인일 뿐이다. 굳이 더 이상 말을 섞지 않아도 노도의 존재가 이미 진실을 말하고 있었다.

게다가 노도의 몸에서 흐르는 선기.

기이하게도 자신의 내공과 어딘지 모르게 비슷하다는 느낌이었다.

기질은 다르되, 근본적으로 같은 곳에서 출발했다는 느낌.

그것은 무엇을 뜻하는가.

"그렇다면…… 노도께서……?"

"나 역시 인생을 화산에 바쳤던 몸이다."

"사손(師孫) 강비가 태사부님께 인사드립니다."

천천히 절을 올리는 강비.

평소의 그답지 않게 정중함이 남다른 모습이었다.

노인이 손을 내저었다. 그러자 놀랍게도, 엎드렸던 몸이 저절로 일어나 이전의 자세로 돌아갔다.

신묘한 힘이었다.

"화산파(華山派)라 하나, 내가 사는 곳은 드넓은 화산 그 자체였고, 광무 역시 스스로 원해 파문을 자처했다. 우리는 산의 사람들이고, 너 또한 화산파가 아닌 화산의 광대한 인연 한 조각을 얻은 명백한 산인(山人)이다. 쓸데없는 격식은 차리지 말도록 해라."

현기가 가득한 말이었다.

사문의 적을 둔 사람이었지만, 이제는 세상 그 자체를 바라보는 진인(眞人)이었다. 어디에도 이런 사람은 없을 것 같았다.

"과거, 세상을 떠돌던 광무가 어느 날 전장으로 나섰다는 소리를 들었다. 그러한 전장에서 활약했다는 소문은 없었지만, 분명 뭔가를 얻기 위해 갔을 테지. 널 보니 알겠다. 그토록 빼어난 무학을 완성키 위해 천하를 돌다 이윽고 군부로 들어선 것이로구나."

"……"

"참으로 고된 길이었을 것이다. 화산은 검문(劍門)이되 도문(道門)이라, 파문한 제자에게도 그리 큰 굴레가 씌워지지 않지만, 각고로 연마했던 모든 공부를 내놓은 채 세상으로 뛰쳐나갔으니 그 노고가 얼마나 심했을지 짐작이 간다."

시종일관 부드럽고 허허로운 말투였다.

그러나 그 속에, 한 줄기 아련함을 강비는 놓치지 않았다.

인간을 벗어난 신선에게도 이러한 감정이 남았다는 게 놀라울 뿐이다.

"마치 무언가에 홀리기라도 한 양 스스로 단전을 폐하고 세상으로 나섰다. 담담하게 떠나는 광무를 보며, 나는 잡을 수 없는 운명의 실타래를 느낄 수 있었다. 이제 보니 너처럼 출중한 제자를 만나기 위해 드넓은 화산의 품을 잠시 떠난 것 같다. 천하에서도 그와 같은 무(武)의 그릇을 볼 수 없어 안타까웠는데, 스스로 역작을 만들어 제자에게 전수를 하였으니, 죽음 앞에서도 만족했을 것이다."

광무진인의 죽음을 언급하지 않았음에도 제자가 죽었음을 안다.

어떻게 알았는지 알 수 없지만 이 노도의 눈을 보며, 강비는 굳이 보고 듣지 않아도 알 수 있는 사제지간의 연이 얼마나 끈끈한 것이지 깨달을 수 있었다.

그리고 이러한 말을 담담하게 듣고 있는 스스로가 놀라웠다.

거친 세파에 휩쓸리고 전장에서 적과 마주했다. 강호로 나서 암천루라는 조직에서 일하고 의뢰를 받아 음지(陰地)의 일도 많이 했다. 일단 모든 일을 의심부터 하는 습관이 몸에 밸 수밖에 없는 것이다.

하지만 이상하게도 눈앞의 노도와의 대화에서는 어

떠한 의심도, 어떠한 불안감도 없다. 그저 편안하게 받아들이고 있었다.

"세상에 불온한 악기(惡氣)가 퍼져 나가는 걸 느꼈다. 그리고 이곳, 섬서에서 강렬한 이끌림을 받았다. 주저치 않고 달려왔더니 쓰러진 네가 보였다. 본문의 다른 제자들에게 가 도움을 줄 수 있었지만 이상하게도 너와 만나 대화를 나누어야 할 것 같았다. 내가 이곳에서 너의 상처를 돌보고 이야기를 하는 이유다."

노도는 느낌이라고 말했다.

느낌. 이성과 논리로 설명할 수 없는 그 어떤 것.

노도가 편안하게 웃었다.

"그나저나 놀랍구나. 어떻게든 고쳐는 놨지만 이리도 빨리 정신을 차릴 줄은 몰랐다. 강인한 심신(心身)이다. 단순히 수준 높은 공력으로 설명할 수 없는 일이야."

"혹, 시간이 얼마나 지났는지……."

"네가 쓰러지고 난 이후 하루가 지났다."

강비의 눈에 놀라움이 서렸다.

'하루밖에 지나지 않았다니.'

얼마나 엄중한 내상을 입었는지 알고 있다.

당장 숨이 넘어가도 할 말이 없는 상태였다. 패왕의 진기로 버티고는 있었지만 극심한 내상을 입었던 것이다.

한데 하루 만에 내상이 나았다.

온전한 상태는 아니라고 하지만, 정양만 하면 며칠 내에 이전의 몸으로 되돌아갈 수 있을 정도다.

도대체 어떠한 능력이 있어서 내상을 이만큼이나 수복시킬 수 있었는지 궁금할 뿐이다.

"하는 일이 있을 것이다. 어떠한 일인지 궁금해 하지 않겠다. 하나, 지나치게 급한 일이 아니라면 처음 만난 태사부와 오순도순 이야기나 나누어 보자."

시종일관 편안한 음성이었다.

인간사 굴레를 떨쳐 버린 신선의 목소리다.

온몸에서 흐르는 유장한 기운, 인간이되 인간 이상의 존재인 노도를 보며 강비는 살아왔던 그 어느 때보다도 마음이 잠잠해지는 걸 느꼈다.

"이제 보니 내 이름도 밝히지 않았구나."

노도의 입이 재차 열렸다.

천천히 나오는 전설의 이름.

일찍이 화산 역사에서 찾아볼 수 없었던 천고의 기재(奇才)가 있어, 수많은 사마악도를 처단하고 민초를 위해 한 몸을 희생했던 무제(武帝)가 살았다.

천하 세력 중 소림과 무당이 천하제일을 다툰다 하나, 진정한 천하제일인(天下第一人)은 화산에 숨었다고 하는 신화를 만든 이.

"속세의 이름은 잊었다. 다만 소요자(逍遙子)라 부르면 될 것이다."

＊　　　　＊　　　　＊

"괜찮을까요?"

걱정스러운 한진희의 말에 당선하는 고개를 저었다.

"너무 신경 쓰지 않아도 돼요. 그래 봬도 그 인간 명줄이 짧진 않거든요."

무덤덤한 투였다.

그러나 어조 속에서도 한 줄기 근심이 깃들었다. 당선하로서도 강비의 그런 모습은 일찍이 본 바가 없었던 것이다.

두 여인이 이야기를 나누는 곳은 섬서의 성도 서안에서도 제법 크기가 있는 주루였다.

화려하진 않지만 정갈함과 묘한 품위가 있어 사람들의 왕래가 잦다.

그럼에도 조용하다.

지친 피로를 풀기에는 적당한 곳이었다.

그렇다고 대놓고 식사를 할 수도 없으니 결국 두 여인은 같은 방에 앉아 있을 수밖에 없었다.

"이틀 안에 연락이 오지 않으면 정말 본문으로 가나요?"

"그래야죠."

"그래도……."

"괜찮아요. 설령 괜찮지 않더라도, 자신의 한 말은 지켜야죠. 미리 말한 대로 행동하지 않으면 오히려 동선만 복잡해져요. 한 소저는 이대로 우리만 믿으면 돼요."

웃으면 이야기하는 당선하였다.

안타까운 건 안타까운 것이지만, 일은 일.

강비가 그런 말은 했다는 것, 이유는 알 수 없지만 결국 그러한 약속을 했다는 건 반드시 지켜야 하는

것이다. 냉정해 보여도 그것이 암천루의 일처리 방식
이다.

"그보다 중요한 건 따로 있어요."

"어떤?"

"섬서가 화산과 종남의 지역이라지만 의선총경을
노린 의문의 무리들. 그들의 힘은 보통이 아니에요.
봐서 알겠지만."

한진희의 눈이 어두워졌다.

강호의 험한 격전은 처음 본 그녀다. 하나 그래도
알 수 있는 것이 있었다.

복면을 한 야행인의 무리는 물론 칼을 들고 앞길을
막아선 마인의 무리까지, 어느 하나 범상치 않은 곳
이 없었다.

거대한 두 마리의 용, 화산과 종남이 거한 섬서에
서 그토록 대놓고 일을 벌였다는 것 자체가 그들이
지닌 자신감을 대변하는 것이었다.

"그들 정보력이 얼마나 되는지는 나도 모르겠어요.
그렇지만 분명 만만치는 않아요. 강비도 그래서 이틀
의 시간을 언급한 거죠. 이틀 정도라면 그들이 우리
를 찾기 힘든 시간이라 판단한 거예요."

이틀이라는 시간에 그런 의미가 있었나.

경황 중이라 생각지도 못했다.

한진희는 이들의 머리와 경험이 확실히 남다르다는 걸 느꼈다.

"하지만 그렇다고 마음 놓고 있을 수는 없죠. 항상 최악의 상황을 염두에 두는 것이 좋아요. 어떤 변수를 통해서 저들이 우릴 발견할 수도 있어요."

그게 문제였다.

세상 일이 생각대로만 돌아간다면 얼마나 편할 것인가. 그러나 그럴 수가 없는 것이 세상이다. 실상 당장 지금이라도 들이닥칠 수 있다는 가능성을 열어 놔야만 한다.

한진희의 얼굴에도 긴장의 빛이 떠올랐다.

"그럼 어쩌죠?"

"별 거 없죠. 긴장만 하면 되는 거예요. 어떻게 나올지 모르니까 이쪽에서도 대비하기가 어려워요. 퇴로를 확보하고 맞서 싸우는 것보다 도주하는 데에 중점을 두어야겠죠. 일단은 관부 쪽으로 트는 게 중요해요."

"관부요?"

"아무리 강호의 세력이라 해도 관부를 함부로 건드리긴 힘들죠. 물론 의선문이 습격당한 걸 보면 그런 거 일일이 가리는 놈들 같지는 않지만 적어도 조금의 방비라도 될 수 있겠죠. 어차피 시간과의 싸움이에요. 동원할 수 있는 바는 전부 동원해야 해요."

확실히 사태를 바라보는 관점부터가 달랐다.

우왕좌왕하는 초출과는 급이 다르다. 아마 강비와 헤어지기 전부터 생각해 두었던 바였을 것이다.

"여기서 천아가 있으면 더 좋았을 텐데, 아쉽네요."

"천아요?"

"있어요. 우리 쪽 앤데, 정보 조작에도 능하고 인피면구를 제작하는 데에도 도가 터서 실제 얼굴과 구별이 안 가요. 그 녀석이 있으면 한결 편하게 일처리를 했을 텐데."

나직이 입맛을 다시는 당선하였다.

그러고 보면 참 개성 강한 인간들이 득실거리는 곳이었다.

아주 어렸을 때부터 암천루에 속해 일을 해 왔지만 가끔 암천루의 저력이 어디까지일까 생각이 들곤 했다.

실제로 그녀가 보지 못한 조직원들도 있었다.

거의 암천루의 생계를 담당하고 있는 당선하이고 보면 그것은 참으로 놀라운 일이었다.

그녀가 그럴진대 한진희가 보는 암천루는 또 얼마나 놀라운 곳인가.

그녀는 비로소, 아버지가 말했던 암천루의 저력이라는 것을 어렴풋이 알 것 같았다.

"밥부터 먹죠. 속이 든든해야 무슨 일이든 잘되는 법이죠."

＊　　　　＊　　　　＊

"놀라운 청년을 한 명 보았습니다."

강비의 어조는 다시 볼 수 없을 만큼 예의가 있었다.

평소의 그와는 너무나도 어울리지 않지만, 그래서인지 진심만큼은 제대로 느껴지고 있었다.

소요자는 그가 말하는 놀라운 청년의 존재를 알 수 있었다.

"옥인, 옥인을 보았던 것이냐?"

"예, 옥인이라 기억하고 있습니다."

"그래, 너처럼 출중한 아이라면 옥인의 체내에 들어찬 힘의 크기를 알 수 있겠지."

"화산의 무공을 익히고 있었지만, 또한 뭔가가 다른 것이 있었습니다. 근본적으로 다르다고 해야 할만한 힘이었습니다. 어린 나이에 놀랍더군요. 오히려 대사형이라 불리는 자보다도 훨씬 강해 보였습니다."

"재능이 있는 아이지. 재능만이라면 천하를 뒤져도 그만한 아이를 찾기 힘들다. 천부적인 재능, 천재(天才)란 소리를 듣기에 부족함이 없어."

"예, 한데……."

강비의 눈은 평소와 달리 조금은 혼란스러운 기색이었다.

"자꾸만 눈이 갔습니다. 처음에는 대단한 친구구나싶어서 그런 줄 알았습니다. 하지만 생각을 해 보니, 또 다르더군요. 알 수 없는…… 이른바 인연의 끈이라는 걸 느꼈습니다."

인연의 끈.

강비의 성격으로 보았을 때 절대로 나오지 않았을법한 말이다.

그러나 소요자는 그런 강비를 이해한다는 듯 가볍게 웃어 주었다.

세상 모든 것을 전부 포용할 수 있을 것 같은 미소였다.

"무릇 사람과 사람 사이의 인연이란 그런 것이다. 그저 지나쳤다 싶어도, 언젠가 만날 인연이라면 만나게 되는 것. 대다수의 사람들은 일평생 한 번 느끼기도 힘든 것이다. 그런 울림이 있는 인연은 반드시 얽히게 되어 있으니, 다만 네가 나아가는 길에 옥인이 어떤 인연으로 다가올지는 전적으로 너 하기 나름이니라."

한 마디, 한 마디가 금과옥조다.

무공만이 아니었다.

사람의 크기가 잴 수 없는 봉우리로 치달은 사람이다.

천기(天機)를 읽고 만인(萬人)의 인연을 그저 보는 것만으로 깨우친다.

격이 다른 사람, 인간으로 태어나 도달할 수 있는 궁극의 영역에 거하는 사람이 바로 소요자였다.

"태사부라 하나 막상 너에게 줄 수 있는 것이 없

다. 부족하다면 무(武)라도 손봐 줄 텐데, 이미 광무
가 남긴 진결들은 내가 담고 있는 무학에 비해 손색
이 없고, 너의 수준 역시 스스로 깨달아갈 경지이니.
그저 참오하고 또 참오하여 네가 정녕 원하는 바를
이루길 바랄 뿐이다."

"충분히 많은 것을 주셨습니다."

강비의 말은 진심이었다.

소요자가 있었기에 광무가 있었고, 광무가 있었기
에 지금의 강비가 있다.

죽어 가는 자신을 살렸고, 몇 마디 말로 큰 깨우침
을 주었다.

갚을 수 없는 은(恩)을 입은 것, 강비에게 있어 소
요자는 광무진인 못지않은 큰 이름이었다.

소요자가 너털웃음을 지었다.

"진실된 마음이 기껍다. 광무가 제자 하나는 제대
로 들였구나. 다만 손에 묻힌 피가 많아 혹 삿된 길
로 빠질까 저어된다. 세상을 살아가는 무인의 숙명이
라, 앞으로도 고됨의 연속일 터. 어디에도 휩쓸리지
않을 정심(貞心)을 가지는 게 중요하다. 광무가 남긴
힘이 널 보할 것이다. 스스로를 믿고 내딛는 발걸음

에 주저함이 없어야 한다."

"명심하겠습니다."

"또다시 만날 날이 있을 것이다. 어떤 만남이 될지 나로서도 알 수가 없다. 그때까지 건강히 지내도록 하여라."

그 말을 끝으로 소요자는 사라졌다.

말 그대로 연기처럼 사라진 소요자였다.

마치 지금까지의 대화가 꿈이라도 된 것처럼, 눈을 감고 뜨니 사라져 버렸다.

갑작스러운 만남만큼이나 갑작스러운 이별이었다.

상체를 감은 깨끗한 붕대만이, 소요자와의 대담이 사실이라는 걸 증명해 주고 있었다.

*　　　　*　　　　*

동굴에서 나온 강비.

격전의 장소에서 그다지 멀지 않은 곳인지라 방향을 잡는 데에 어려움은 없었다.

옷을 여미고 신법을 전개하려는 그의 앞에, 소요자와는 다른 의미의 인연이 모습을 드러낸 것은 해가 중천에 뜬 대낮이었다.

강비의 나른한 눈에 이채가 띠었다.

당당하게 정면에서 나타난 여인이 있었다.

큰 키에 딱 달라붙는 야행복. 복면은 벗었지만 이 사람이 누구인지 모를 리가 없다.

"여인이었던가."

추적을 하며 싸웠던 이.

마지막 포로로 잡았을 적 거침없이 눈 하나를 앗아 가려던 순간, 문사풍의 청년이 나타났던 그때의 기억이 되살아났다.

여인의 눈동자는 이전의 나약함이라곤 찾아볼 수 없었다.

약간의 조급함은 있을지언정 보다 강인하고 당당하다.

복면을 벗었기 때문일까. 거칠 것 없다는 느낌이 절로 들었다.

강비가 고개를 갸웃거렸다.

그러면서도 이미 그의 몸에서는 자욱한 기파가 흘러나왔다. 저절로 전투 준비가 되는 것, 백전의 경험이 만들어 낸 본능이었다.

"용케 회복했군. 이 짧은 시간에."

의아함이 앞선다.

물론 천하의 영약이 있어 상처를 치료하는 데에 도움을 줄 수 있다.

얼마 전 한진희에게 받았던 의선문의 단약이 그런 예다. 상대도 그런 약을 복용했다면 상당했던 내상도 빠르게 아물었을 수 있다.

그러나 지금 눈앞에 나타난 여인은 단순히 조금 회복된 수준이 아니었다.

흔들림이 없는 기도.

내상이 제법 나아도 기가 혼탁하면 기도 또한 불안정하기 마련인데 단단하기가 금성철벽 같다.

처음 마주했을 때와 별반 다르지 않다.

여인의 입이 천천히 열렸다.

"허락 없이 가져간 물건이 있더군요."

얼굴만큼이나 아름다운 목소리였다. 강비의 눈이 살짝 좁혀진다.

"물건이라."

"밀(密) 자가 새겨진 패를 돌려받으러 왔어요."

그러고 보니 일단 챙겼던 기억이 난다.

품을 뒤졌는데 나오는 거라곤 그것 하나뿐이었다. 범상치 않아 보이는 물건, 뭔가가 있을 거라 해서 당선하에게 넘겼다.

그것을 돌려받으러 왔는가.

강비가 피식 웃었다.

"내 물건은 아니니 넘겨주는 거야 어렵지 않지."

"시원시원해서 좋군요."

사실 강비 입장에서야 그것이 어떤 걸 상징하는지, 여인에게 왜 필요한지 알 바 아니었다.

다만 수상해서 빼앗았을 따름이고, 상황이 그러했을 뿐이다.

게다가 지금처럼 복면까지 벗고 대화를 목적으로 왔는데 다짜고짜 싸우는 것도 우스운 일이다. 일도 어떻게든 해결되지 않았는가.

"문제는 지금 내게 없다는 거다."

"뭐라고요?"

"누군가에게 맡겼어. 당장 주고 싶어도 줄 수가 없다는 뜻이다."

이번엔 여인의 눈이 좁혀졌다.

강비의 눈을 보아하건대 거짓말을 하는 것 같지는

않았다.

그러나 그녀는 의심을 지우지 않았다.

세상일은 끝까지 의심하고 보는 것, 더군다나 죽일 각오로 싸웠던 상대다. 덥석 믿는 것이 더 이상한 일이리라.

"그걸 나 보고 믿으라고 하는 소린가요?"

"믿지 못 하겠다면 별 수 없는 일이다. 하지만 진실이야. 나에겐 그게 없어. 정 원한다면 따라와라. 물론 그 일을 끝으로 서로에게 관심 끊겠다는 다짐은 받아야야겠지."

"변명이 형편없군요."

순간 여인은 온몸에 털이 곤두서는 느낌을 받았다.

여전히 나른한 강비의 눈.

그러나 기도가 바뀌었다.

온몸에서 발산하는 패왕의 기운, 강력한 기파가 순식간에 사위를 휩쓸고 있었다. 이전보다 기의 파동이 피폐해졌을지언정 드러나는 존재감은 무시무시했다.

"내가 너에게 그따위 말을 들으며 시간을 낭비할 필요 없어. 실상 나타나자마자 한 대 안 맞은 걸 고마워해야 할 입장 아니던가?"

강비의 강인한 기도에 맞서기 위해 여인도 본신의 기도를 개방했다.

갑작스레 뜨겁게 달아오르는 전투의 분위기.

둘의 몸에서 흘러나오는 기가 서로 부딪치며 공기를 가열시켰다.

"본래 주인이 있던 물건을 훔친 작자가 지나치게 당당하다는 생각은 안 드나요?"

"말은 바로 해야지. 의선문을 초토화시키고 주인이 있던 물건을 훔친 놈들은 너희야. 의뢰는 의뢰라지만 굳이 널 다른 자들과 똑같이 대해 줘야 할 이유가 있을까 모르겠군."

말이야 맞는 말이었다.

그러나 여인에게도 할 말은 있었다.

"착각하지 말아요. 의선문을 습격한 건 우리가 아니에요. 우리도 그것을 탈취한 자들을 습격해서 재차 빼앗았을 뿐이죠."

이건 또 뜻밖이다.

여인의 말을 들으며 강비는 자신이 박살 낸 도객들, 그리고 거대한 대검을 쥐고 나타났던 광호를 생각했다.

그렇다. 오히려 습격을 해서 무고한 이들을 죽인 작자들을 본다면 그 비사림이라는 곳이 더 어울렸다.

비록 복면이나 쓰고 다녔지만 눈앞에 있는 여인이나 일전 보았던 문사풍 청년을 보면, 무슨 일을 획책하고 있다는 느낌은 있었어도 마인(魔人)의 기도와는 차이가 있었다.

"그랬군. 어쩐지 추적을 하면서도 뭔가 이상하다 싶었어."

"알았으면……."

"한데, 그렇다고 우리가 살가워져야 할 이유도 없지. 난 분명 말했다. 원한다면 따라와서 가져가라고. 믿고 안 믿고는 네 자유야. 더 이상 관계를 끊겠다고 얘기한다면 나로서도 일 복잡하게 만들 생각이 없다는 거다."

"……."

"가부(可否)를 정해. 박살이 나고 싶으면 박살을 내줄 테니 덤비고, 물건을 갖고 싶으면 따라와라. 피곤해. 나도 어서 집 가서 쉬고 싶단 말이다."

귀찮음이 잔뜩 묻어 나오는 표정이었다.

여인은 순간 울컥했다.

저런 작자가 함부로 이야기할 만큼 밀법패는 그저 그런 물건이 아니었다. 게다가 저 오만한 어조라니, 상대의 자존심을 제대로 찢는 말이었다.

그러나 이처럼 이야기하는데 딱히 할 말도 없었다.

"치졸하게 기습을 한다거나 다른 목적이 있는 건 아니겠죠?"

"점입가경이군. 내가 해야 할 말들을 지금 네가 다 하고 있다는 거 알고는 있는 건가? 복면 따위나 쓰고 다니는 주제에 재긴 엄청 재는군."

진짜 한 마디, 한 마디에 정이 뚝뚝 떨어졌다.

이해가 안 가는 건 아니지만 이건 또 다른 문제였다. 계속 말을 섞다가는 이십 년 가까이 연마했던 주신문법(呪神紋法)의 구결조차 잊어 먹을 것 같았다.

가만히 강비의 눈을 쳐다보던 여인이 이윽고 대답했다.

"좋아요, 당신을 따라가죠. 어디로 가면 되는 건가요?"

"일단 서안. 만약 서안에 없다면 하남까지."

어처구니없는 대답이었다. 적어도 여인의 입장에선 그랬다.

"지금 내가 당신을 따라가는 게 옳은 일인지 진심으로 의아하군요. 서안이 아니면 하남이라니, 무슨 말이 그래요?"

"대가리에 두건 쓸 때는 말 한마디 안 하더니, 원래 그렇게 좋알대나? 따라올 거면 진득하게 따라와. 열 받으면 날려 버릴 수도 있으니까."

반사적으로 살기까지 흘릴 뻔했다.

여인은 한 번 더 참았다.

어쨌든 패를 쥐고 있는 사람은 강비 쪽이다. 괜히 긁어서 부스럼을 만들 필요는 없는 것이다.

사실 그것보다 정신 수양이 흐트러지는 게 무서웠다. 계속 이런 기세로 이야기를 하다가는 참지 못하고 주먹을 날릴 가능성이 농후했다.

"좋아요, 가죠."

그렇게 둘의 기묘한 동행이 시작되었다.

상상조차 할 수 없었던 동행이었다.

아무런 연고도 없었던, 심지어 서로 살수까지 섞었던 사이였지만 인연의 실타래는 또한 이렇게 이어지기도 하는 법이다.

강비는 이 순간, 지금의 이 만남이 훗날 어떤 결과

를 초래하게 될지 상상도 할 수 없었다.

물론 그건 여인도 마찬가지였다.

"그런데 당신, 이름이 뭐예요?"

"갑자기 그건 왜?"

"어쨌든 동행인데 이름 정도는 알아 둬야 할 거 아녜요?"

"남의 이름을 묻기 전에 자신의 이름을 먼저 밝히는 게 순서라고 안 배웠나?"

"……민비화(珉飛花)라고 해요."

"……."

"왜 대답을 안 해요?"

"알려 달란 소리는 안 했어."

"……."

        *   *   *

"헉, 헉."

거대한 나무 뒤에 몸을 기댄 옥인이 숨을 몰아쉬었다.

전신에는 크고 작은 도상(刀傷)이 가득했다. 지금

까지 비사림의 마인들과 격전을 치룬 흔적이었다.

한시도 쉬지 않고 싸운 결과였다.

무학의 경지가 워낙에 높은 그였기에 치명상이라 할 만한 상처는 없었지만, 누구라도 이틀을 넘도록 칼과 마주한다면 지칠 수밖에 없는 것이다.

마인들은 지독했다.

죽여도, 죽여도 덤벼들기를 주저하지 않았다.

수준을 달리 하는 강함을 본다면 겁에 질릴 만도 한데, 그들은 어떻게 된 것인지 공포라는 것을 몰랐다. 마치 실로 움직이는 인형처럼 목표를 위해 아군의 목숨조차 도외시하고 덤벼들었다.

심시어는 어디서 꾸역꾸역 나타나는 건지 숫자는 줄어들지도 않았다.

처음에는 전투 의지로 빛났던 옥인도 지독한 파상 공세에 기가 질렸다.

불굴의 의지는 꺾이지 않았지만 물 한 모금 제대로 마시지 못한 전투였다. 죽지 않은 것만으로도 다행이었다.

'도대체가…….'

너무나 엉켜 버렸다.

사형제들은 어디로 갔는지 알 수가 없었다. 찾을 정신도 되지 않았다. 후퇴를 모르는 매화검수라지만 이번만큼은 도리가 없었다.

'이런 일이……'

그는 문득 손에 쥔 매화검을 바라보았다.

화산의 자랑, 매화검수에게만 지급이 되는 장검이다.

깎아지른 듯한 산세에 매화문양.

강인함과 부드러움이 공존하는 예술품이나 다를 바 없다.

그런 매화검의 검신(劍身)은 엉킨 피와 잦은 부딪침으로 다소 상해 있었다. 이가 빠진 곳도 몇 군데 있었고 흠집도 제법 났다.

자신과 비슷한 경지의 고수와 격전을 치른 것도 아닌데 검이 이 모양이다. 그만큼 공력에 집중하지 못했다는 증거이며 체력이 떨어졌다는 증거다.

지금의 옥인이라면 녹이 슨 검으로도 바위를 가를 수 있다.

그럼에도 검의 모습이 이렇다.

실전의 경험이 없는 건 아니지만, 이처럼 처절한

격전은 또 처음이었다. 애초에 자신이 어떤 임무를 띠고 하산을 했는지조차 일순간 잊어버렸을 정도였다.

실상 지금이라도 다를 건 없었다.

막강한 무공을 일신에 가지고 있음에도 극심한 위협을 받는다. 의선총경을 찾기 전에 몸부터 추슬러야 할 판이다.

가볍게 진기를 도인한 옥인.

'다행이다. 아직은 괜찮아.'

공력의 고갈이 상당했지만 아직까지 전투를 벌이기에 부족함이 없다.

그는 가볍게 심호흡을 하며 뛰는 가슴을 진정시켰다.

'할 수 있다. 난 할 수 있어.'

그러나 그리 마음을 먹고는 있지만 여전히 집중이 흔들렸다.

'왜 이러지? 내가, 마치 내가 아닌 것처럼.'

평소보다 훨씬 힘을 못 내고 있었다.

그만큼 마인들의 공세가 강렬하기도 했지만 생각해 보니 이건 또 다른 문제였다.

진기가 묘하게 불안정했고 머리 한구석이 콕콕 쑤시는 것 같았다.

너무나 미약했기에 깨우치지 못했던 파탄.

그 자그마한 파탄을 마침내 옥인은 직시할 수 있었다.

'알 수가 없다. 단(丹)이 요동치고 있어.'

불안정한 힘이었다.

육체 곳곳, 눈에 보이지 않는 곳에 스며든 엄청난 양의 진기가 있었다.

지금으로서는 감히 쳐다도 보지 못 하는 머나먼 곳에 거하는 무신(武神)이 건넨 힘이다.

덕분에 이 위치까지 도달할 수 있었지만 지금은 오히려 심중을 흔들고 있었다.

기가 극한으로 응축되어 뭉친 구슬과 같다.

그런 진기 덩어리가 사정없이 흔들리며 운용할 수 있는 진기를 끓어넘치게 하고 있었다.

진기가 통제 불가이니 결국 육신에 부담이 갈 수밖에 없고, 육신에 부담이 가니 정신이라고 정상일 리가 없다.

상중하, 세 개의 단전 전체가 진동하고 있다. 관조

하여 알아내지 못했다면 체내에서 일어나는 지진이
천천히 거세어졌을 것이다.

하나 막상 알아내니 또 문제다.

문제가 있으면 해결점을 찾아야 하는데 도무지 어
떻게 해결해야 할지 알 수가 없었다.

본인의 몸을 어떻게 통제해야 할지 고심하던 와중.

적들은 그를 기다려 주지 않았다.

저 멀리서 짓쳐 드는 무시무시한 기파가 있었다.

몸이 정상이었을 때야 호쾌하게 마주할 수 있을 법
한 힘이었지만 지금으로서는 십 합 이상 받아 낼 수
있을까 고민이 될 정도로 거센 기운이었다.

'도주? 아니다, 지금은 무리야. 잡힌다.'

아무리 기공에 파탄이 드러났다지만 그는 소요자가
무예의 천재라고까지 칭했던 남자였다.

더불어 화산에서 나고 자라 배우고 익혔던 공부가
작지 않다.

격전의 와중에도 판단은 빨랐다.

'부딪쳐야 하는가.'

별 수 없다.

도주하며 공력을 소모할 바에는 조금이라도 아껴

적에게 일격(一擊)을 때려 박는 데에 집중하는 편이 낫다.

천천히 나무에서 몸을 뗀 그가 검을 세운다.

날뛰는 진기를 다스리지 않고 오히려 기세를 배가시킨다.

그의 전신에서 강렬한 기파가 터져 나왔다.

장중한 기도, 첨예한 검기가 흐른다.

사방으로 존재감을 뿜어내며 달려오던 누군가가 갑자기 방향을 틀어 옥인이 있는 방향으로 내달렸다.

저 하늘 높은 곳에서.

그대로 대지에 꽂히는 강렬한 존재가 있었다.

콰앙!

마치 포탄 하나가 떨어진 것처럼 땅 전체가 흔들렸다.

자욱하게 일어나는 먼지, 일순간 시야를 가려 버릴 정도로 훅 하고 퍼지는데 등장만큼이나 요란한 기세가 사위를 휩쓸었다.

"이거…… 대어를 낚았군."

가래가 끓는 것처럼 거친 목소리였다.

드러나는 남자의 얼굴은, 목소리만큼이나 인상적이

었다.

중년의 나이로 안면을 종횡으로 가로지르는 검상(劍傷)이 섬뜩했다.

짙은 눈썹에 살기 어린 눈동자.

더불어 시커먼 무복 위, 상체 전반을 휘감은 쇠사슬이 섬뜩했다. 피가 굳어서 갈색으로까지 보일 만한 철삭(鐵索)이었다.

옥인의 머리에 경종이 울렸다.

'제기랄.'

단순히 무공만 강한 것이 아니었다.

그야말로 한 마리 야수와도 같은 자다.

사람 죽이는 데에 이골이 난 마인(魔人), 전신에서 뿜어지는 기도가 충격적일 만큼 거칠다.

본신의 힘이 멀쩡했을 때는 어땠을까?

어불성설이다. 착각도 보통 착각이 아니었다.

이 중년인의 기파는 멀쩡했을 때도 상대하기가 어려울 만큼 강인했다. 화산파의 장로, 아니, 그 이상의 단단한 힘이 느껴졌다.

"화산의 매화검수라……. 근래 화산의 성세가 대단하다고 들었지만 이 정도일 줄은 몰랐다. 보아하니 상당한 내외상을 입은 듯한데 느껴지는 기도가 어찌 이리 첨예한가. 화산 매화검수들이 모두 네놈과 같다면 가히 천하제일의 방파라 불리어도 손색이 없겠군."

진심과 조롱을 오가는 어조였다.

아직 서른도 되어 보이지 않는 애송이가 분명한데, 느껴지는 기도는 이미 후기지수라 불리기 민망할 만큼 막강했다. 옥인이 놀랐던 것처럼 중년인 역시 옥인을 보고 놀란 것이다.

옥인의 몸에서 한층 강력한 기운이 뻗어 나왔다.

전투 태세. 도주 따위는 생각조차 하지 않는다.

중년인의 입가가 미세하게 올라갔다.

"좋아. 그 정도 기개가 있어야 더불어 싸울 만한 맛이 나는 법이지."

"도대체 당신들은 누군가."

"피차 알아서 좋을 것 없는 사이 아니던가. 이미 양측 모두 흘린 피가 적지 않다. 본림과 화산의 원한은 이제 씻을 수 없는 지경까지 이른 것이지."

중년인이 천천히 옥인을 향해 걸어왔다.

한 발자국, 한 발자국 움직일 때마다 가중되는 기세.

천 근의 무게가 어깨를 짓누른다. 옥인의 몸에서도 그에 맞서 더욱 강렬한 기파가 흘러나왔다.

'버티기만 해선 안 돼. 갈라야 한다. 나는 검사(劍士)다. 힘으로 누르는 자가 아니다.'

급박한 상황에서 얻은 미묘한 깨달음이다.

마냥 강건하기만 했던 기도가 날카롭게 변모한 것도 순간이었다.

무지막지한 기세로 옥인의 몸을 찍어 누르던 중년인, 갑작스레 기세를 가르고 오는 검기(劍氣)를 느끼곤 감탄한다.

"훌륭하다. 온전한 기량을 보이긴 힘든 몸이라지만, 시원하게 한판 하기에 부족함이 없겠어."

촤르륵.

천천히 풀려나오는 철삭.

아무렇게나 상체에 휘감고 있었는데, 한 번 풀어젖히니 순식간에 땅바닥으로 똬리를 튼다.

"비사(秘死)의 숲으로 왔으면 좋았을 것을. 네 명운을 탓하거라."

부아아앙!

순식간에 휘둘러지는 철삭이다.

공기를 모조리 찢어발기며 다가오는 기세다.

엄청나게 빠른 일격, 철벽도 부숴 버릴 듯한 패기가 한가득이다.

옥인의 발도 동시에 움직였다.

신묘한 움직임.

떨어지는 꽃잎처럼 움직이는 그의 신형은 부드럽고도 빨랐다. 화산의 자랑, 낙화보(落花步)였다.

느닷없는 강공(强攻)에 대항하는 몸놀림이었다.

순간적으로 파고드는 옥인.

검권(劍圈)의 영역, 옥인의 영역이다. 그의 검이 번개처럼 사선을 그리며 올라갔다.

누가 보아도 감탄이 나올 만한 움직임이요, 일검이다.

하지만 드러난 광경은 결코 옥인이 바란 것이 아니었다.

콰아앙!

튕겨 나간 건 옥인이었다.

울컥 피까지 쏟는데 일합으로 내상을 입은 기색이었다. 그가 창백한 얼굴로 중년인을 노려보았다.

'어떻게?'

의아함이 앞섰다.

그 의아함이 풀어지는 건 순간이었다.

자세를 풀지 않는 중년인, 그의 좌측 팔이 쭉 뻗어 나왔다.

품으로 들어오는 순간 주먹으로 후려친 것이다.

'엄청나다.'

아무리 불시에 일격을 받았다지만, 어떻게든 검으로 막았는데도 충격이 이만저만이 아니다.

놀라운 권공(拳功)이었다.

"확실히 대단해. 멀쩡한 상태에서 겨루어 보고 싶지만, 상황이 이러니 아무래도 무리겠지."

중년인의 눈이 섬뜩한 광채가 어렸다.

"죽어라."

촤르르륵!

소름끼치는 소리와 함께 다가오는 철삭이다.

엄청난 길이, 쇠사슬 전체에 막강한 마기가 흐르고 있었다. 옥인의 몸이 반사적으로 우측으로 향했다.

콰앙!

충격적인 위력이었다.

쇠사슬이 후려친 땅이 움푹 파였다.

인간의 육신이었다면 그대로 터져 나갔을 일격. 더불어 평범한 병장기도 아닌지라 막기도 힘들다.

옥인의 몸이 그대로 중년인을 향해 쏘아졌다.

온전한 상태가 아니라지만 그의 검은 확실히 매서운 데가 있었다.

화려하게 휘두르는 매화검.

검첨에서 솟아나는 매화의 향기, 화산절학 이십사수매화검법(二十四手梅花劍法)의 절초들이 올올이 풀려 나왔다.

까아앙! 까아아앙!

검과 주먹이 부딪치는데 쇳소리가 터진다.

빠르고 정교하며 예리하기까지 한 매화검과 부딪치는데도 도무지 허점이 보이질 않았다.

뼈와 살로 뒤덮인 주먹에는 실낱같은 상처조차 없다.

막강한 내공이 집중된 주먹이었다. 오히려 충돌이 거듭될수록 옥인의 얼굴만 창백해지고 있었다.

'강하다, 너무 강해!'

격이 다른 고수였다.

거리가 멀면 쇠사슬로, 거리가 가까우면 주먹으로.

공수의 전환이 믿을 수 없을 만큼 자유롭다. 마공을 익힌 마인, 하지만 틈은 없다. 완벽이라는 두 글자가 떠오를 만큼 단단하게 일구어 낸 무공이었다.

쩌어어엉! 파앙!

필사의 심경으로 극에 이른 집중력을 보이는 와중이었다.

위력은 떨어졌을지언정 검기의 예리함은 절정에 달했다.

그럼에도 중년인은 여유롭게 막아 낸다. 언뜻 흥미로워하는 기색조차 보일 정도다.

'승부를 내야 해. 어떻게든.'

화산의 무공으로는 안 된다.

매화검법, 중원 천하에서도 손에 꼽힐 만한 절학임에는 분명하지만 옥인의 절학은 아니다. 그가 어렸을 때부터 익혀 왔던 검은 분명하지만, 진신절학이라 할 만한 무공은 아닌 것이다.

화아악!

아름답게 일어난 매화검이 변한 것은 순간이었다.

중년인의 눈매가 굳어졌다.

'달라진다?'

기세부터가 변한다.

순식간에 몸을 회전하며 참격(斬擊)의 일검을 휘두르는 옥인.

매화검에 일순간 푸른 광채가 솟구치는 것 같다.

달려 나가는 창천의 의지.

전설 속 창공의 제왕, 대붕(大鵬)의 날갯짓.

서둘러 철삭을 팽팽히 당겨 수세로 전환할 수밖에 없는 과격한 공격이었다.

콰아앙!

폭음이 터졌다.

엄청난 경력의 여파였다.

중년인이 다섯 걸음을 뒤로 물러났다.

바닥에 찍힌 뚜렷한 족적. 해소되지 못한 경력을 그대로 받아서인지 두 다리가 무겁다.

하지만 쉴 틈이 없었다.

곧바로 이어지는 연환기(連環技)다.

순식간에 다가와 검을 휘두르는데 감히 맞상대할 기분이 싹 사라지게 하는 위압감이었다.

찰나지간 사람이 달라진 것처럼 무시무시한 광포함을 담은 채 달려드는 옥인의 육신은 그야말로 제왕의 풍모를 풍기고 있었다.

까아앙! 까아아앙!

눈에 보이지 않는 빠름.

몸이 들썩일 만큼의 강렬함.

하나의 허점이 보이지 않는 정교함까지.

화산의 절학이 아니었다.

전혀 새로운 무공.

그럼에도 강했다. 무시무시한 강검(强劍)의 연속이
었다.

'어디서 이런 힘이!'

다 죽어 가던 놈의 손에서 나올 만한 무공이 아니
었다. 일격, 일격을 받아 낼 때마다 손목이 시큰거린
다.

그야말로 무지막지한 무공이었다.

그러나 막상 새로운 무공을 전개한 옥인의 상태는
절로 나빠지고 있었다.

내상을 입은 몸으로 무리하게 힘을 전개한 까닭이
다.

자신보다 몇 수 위의 고수조차 경탄을 터트릴 만한
무공이었지만, 그만큼 신체가 받는 충격 역시 거세다.

입과 코에서 시뻘건 피가 폭포수처럼 쏟아지고 있었다.

'일검만 허용한다면!'

죽음을 각오하고 검을 전개한다.

멈출 수는 없다.

목숨을 건 검결이 도도하게 풀려 나오는 와중이다. 멈추면 죽는 것이다. 말 그대로 죽기 아니면 살기였다.

배수진(背水陣)을 치고 공격을 감행하는 이만큼 무서운 적이 없다.

목숨을 거는 자, 목숨으로 화답하는 수밖에 답이 없다.

중년인의 몸에서도 일순 거창한 기도가 피어올랐다.

마기의 급상승.

한 번 수세에 몰렸음에도 불안정한 상대의 기세를 파고든다. 재차 무시무시한 강검을 휘두르는 옥인의 품으로 들어와 강철의 각법을 전개했다.

퍼어억!

"커헉!"

절로 신음이 나온다.

복부를 맞은 옥인이 무려 삼 장이나 뒤로 튕겨 나
갔다.

짧게 후려친 단타(短打).

복부에서 시작된 파동이 고통과 함께 전신으로 내
달린다. 벌렁 누운 그의 몸이 미친 듯이 떨리고 있었
다.

승부를 결정짓는 일격이었다.

그렇지 않아도 심해진 내상에 불을 붙인 각법이었
다. 갈비뼈가 몇 대나 나갔는지 짐작조차 못하겠다.
마치 내 몸이 아닌 것처럼 도무지 힘을 쓸 수가 없다.

"짧았지만, 대단했다. 인상적인 검이야. 아무래도
확실히 싹을 자르는 게 좋겠군."

중년인의 어조는 조용했다.

조용하면서도 엄청난 살기가 들끓고 있다.

이만한 무위, 위협이 될 수밖에 없다.

본신의 기량보다도 막강하게 풀어낼 수 있는 무공
이라면 그 얼마나 대단한 절기라는 것인가.

옥인의 눈에 절망이 어렸다.

'이렇게 죽는 건가.'

눈앞으로 지나온 세월이 스치듯 보였다.

처음 검을 잡았던 순간부터 고통과 희열 어린 순간까지.

씁쓸한 자조가 찾아왔다.

'결국, 나 역시 반쪽이었구나.'

과거 그 어디를 찾아보아도 목숨을 건 일전을 벌였던 바가 없다.

실전은 있었지만 모두가 상대해 볼 만한 실력자들이었다.

진짜 죽음을 겪는 게 이런 것이구나 싶었다.

무공만 익힌다고 전부가 아닌 것, 무인으로서 결정적으로 부족한 경험의 부재가 가슴을 아프게 했다.

쐐애애액!

죽음의 소리가 다가왔다.

철삭이 공기를 찢는 소리. 옥인은 입술을 깨물었다.

그러나 그의 생은 아직 끝날 때가 되지 않았다.

"포기하지 마!"

정신을 번쩍 들게 하는 한마디.

퍼어엉! 촤르르륵!

어디선가 날아온 강렬한 권풍(拳風)이 철삭의 이동로를 튕겨 낸다.

갈 길을 잃은 철삭이 옥인의 옆, 나무를 후려치고 힘을 잃었다.

우지끈 부러지는 나무, 폭발적인 일격이었다.

옥인의 눈이 번쩍 뜨였다.

그의 눈에 저 멀리서 무시무시한 속도로 달려오는 누군가의 모습이 환상처럼 짓쳐 들었다.

폭풍과도 같은 기세.

탄력적으로 다가오는 신법.

전장 한가운데에서 대군을 이끌고 질주하는 한 명의 장수였다.

세상을 아우를 것 같은 군기(軍氣)의 폭발. 마주서는 것만으로도 전의를 상실케 하는 압도적인 기파가 산 전체를 뜨겁게 달구고 있었다.

장창은 어디다 버려 두고 온 것일까.

상황과 어울리지 않는 의문이 들게 만드는 사내였다.

강비가 이곳에 도달한 것이다.

파라라락!

찢어질듯 펄럭이는 옷깃이 거친 소리를 발한다.

순식간에 가까워지는 신형. 무서운 속도로 달려든다.

중년인의 눈에 미약한 당혹감이 떠올랐다.

"네놈은 누구냐!"

대답 따위 할 겨를이 없었다.

정상이 아닌 몸이었지만 어디서 이런 힘이 나왔는지 모르겠다. 무조건 구해야겠다는 생각만이 강비의 머리를 꽉 채웠다.

적절한 거리에 도달한 순간 그의 몸이 무시무시한 도약을 전개했다.

파아앙!

화포가 날아온 것처럼.

더 이상의 위협이 없을 것 같은 기세를 품고서 비천(飛天)의 몸놀림을 보이는 강비.

허공, 공간의 거리를 무시하고 날아든다.

그의 철탑 같은 다리가 단박에 중년인을 향해 휘둘러졌다.

퍼어어억!

"큭!"

일격에 튕겨 나가는 육신이었다.

엄청나게 무거운 각법.

중년인의 몸이 멈추지 않고 오 장이나 뒤로 물러났다. 한 번의 공격이었지만 사지로 전달되는 충격의 농도가 측량할 수 없을 만큼 거셌다.

"검사를 구해!"

누구에게 말하는 것일까.

답은 바로 나왔다.

그의 등 뒤, 번개와도 같은 빠름으로 달려드는 민비화였다. 순식간에 옥인의 몸을 채어 가는데 한 번 멈춤이 없었다.

중년인의 눈에 분노의 기색이 어렸다.

"감히!"

그러나 그는 분노를 제대로 터트리지 못했다.

철기둥도 단박에 부숴 버릴 듯한 각법을 전개하고도 재차 짓쳐 들었다.

동시에 강비의 손이 어지러운 움직임을 발했다.

야왕신권, 살초의 연속이다.

파앙! 파앙!

끊어 치고, 후려치는 주먹. 패왕진기의 힘이 실린

권경이 삽시간에 중년인을 위협했다.

중년인 역시 그에 맞서 무공을 전개하지만 도무지 제대로 힘을 낼 수가 없었다. 불시의 일격을 받아 양 팔에 무리가 간 것이다. 뼈가 부러지진 않았지만 제대로 힘을 낼 수가 없다.

강비의 눈이 빛을 발했다.

퍼엉! 스아악!

사혈만을 노리고 다가오던 권법이 어느 순간 훅 하고 사라졌다.

동시에 하체를 노리는 각법.

엄청나게 낮은 자세로 치고 들어오는데 허점은커녕 막아 내는 것조차 힘들 것 같았다.

허에 허를 찌르는 무공이다. 실전 무공의 정수가 거침없이 전개되었다.

퍼어억!

'크으.'

부드러운 강철이 후려친 것 같았다.

대퇴부에 일격을 허용했다.

온몸이 옆으로 쏠릴 것 같은 엄청난 중량감. 무릎이 다 삐걱거렸다.

그러나 중년인은 강자였다.

한순간의 기습으로 승기를 잡았다지만 중년인의 경지는 강비보다 위다. 이대로 당하고만 있지는 않았다.

퍼억!

제대로 위력이 실리진 않았지만 사람 뼈 하나 부러트리기엔 모자람이 없는 공격이었다.

부운의 진결로 흘려 냈음에도 왼팔 전체가 요동쳤다.

'제길!'

팔뚝에 금이 갔다.

무리하게 움직이려면 못할 것도 없지만 그래 봤자 무공에 파탄만 드러날 뿐이다.

수신은 무리다. 강비의 눈이 번쩍이는 광채를 발했다.

타다닥! 퍼억!

순식간에 일곱 번의 연타를 감행하면서 다시 하체를 노리는 각법이다. 채찍처럼 후려치는 일격이었다.

이전에 일격을 허용했던 대퇴부에 다시 한 번 강비의 정강이가 파산의 힘을 품고 다가왔다.

퍼엉!

"쿨럭!"

중년인은 비틀거렸고 강비는 피를 토하며 뒤로 물러섰다.

물러섬과 동시에 힘을 받아 도주다. 엄청난 속도로 신법을 전개, 찰나지간 중년인의 시야에서 벗어나 버렸다.

폭풍처럼 다가와 번개처럼 빠져나갔다.

기가 막힌 일이다. 중년인은 허탈함에 입만 벌렸다.

"이놈이……."

이제 보니, 싸워 이길 생각은 애초에 없었던 게 분명했다.

일부러 하체를 노렸다.

두 번이나 가격 당한 대퇴부는 금이 가서 신법은커녕 걷는 것조차 여의치가 않다.

'쫓아오지 못 하도록 노린 건가.'

힘이 다 빠진다. 제대로 한 방 먹었다.

사십 년을 넘게 살면서 이처럼 어이없는 일을 당해 보는 건 처음이었다.

"역시나 천하는 넓구나."

어쩐지 웃음이 나왔다.

원체 음험한 단체에 속해 있다 보니 무인다운 기개가 있는 자들을 찾아본 지도 오래다.

마도(魔道)에 몸담고 있다는 자각은 있으되 또한 무인임을 잊지 않았던 스스로였다.

상상을 초월한 무위를 보여 준 매화검수.

그리고 그런 매화검수를 구하기 위해 기지를 발하며 달려든 의문의 무인까지.

원했던 일은 실패로 돌아갔지만 왠지 기분이 아주 나쁘지는 않았다.

"다음에 만날 때는 확실히 죽여야겠어."

못내 아까운 듯 입맛을 다신다.

확실히 마인은 마인이었다.

3.
징조(徵兆)

"당신과 엮이면 여러모로 좋은 꼴을 보지는 못하네요. 악운이 몸에 덕지덕지 붙은 거 아니에요?"

기운 없는 민비화의 말에 강비는 나른한 얼굴로 콧방귀를 꿰었다.

"그 악운이 아니었다면 사람 하나 죽었어."

침상에 누운 옥인은 이틀 동안 일어날 줄을 몰랐다.

의원까지 불러 몸을 점검했지만 원체 심각한 내상을 입고 있던 터라 정신을 못 차리고 있었다.

다행이라면 익힌 신공(神功)이 대단해서 자력으로

회복 중에 있다는 것이다.

민비화의 얼굴은 다소 복잡하게 얼룩졌다.

"결국 하남까지 가야 하는 건가요?"

"그래, 어쩔 수 없지."

당선하와 한진희는 이미 서안에 없었다.

당연하다면 당연한 일.

이틀의 시간을 잡았는데 서안까지 온 시간을 계산하면 이미 섬서를 빠져나갔을 것이다.

자칫 잘못해서 잡히면 성공한 의뢰를 눈앞에서 놓치게 된다.

'하남, 하남이라니……'

막상 이렇게 되니 눈앞이 깜깜하다.

섬서도 섬서지만 하남 역시 결코 만만한 곳이 아니었다.

민비화의 입장에서는 오히려 섬서가 편했다.

하남에는 그곳이 있다.

중원 천하, 무력으로 공공연히 최고라 평해지는 문파.

중악(中嶽)의 소실봉에 똬리를 튼 불심(佛心)의 성지.

강인한 나한(羅漢)들과 무수한 신승(神僧)들이 들끓는 곳.

'소림……'

느껴지는 중압감부터가 다르다.

화산과 종남 역시 구파의 한 자리씩을 차지하고 있는 거대문파였다.

한 지역에 두 마리의 용이 웅크리고 있는 형국. 수치상의 계산이라면 섬서가 훨씬 위협적이다.

그러나 소림사는 이름의 무게부터가 달랐다.

천하공부출소림(天下工夫出少林).

천하의 모든 공부는 소림으로부터 나왔다는 말.

천 년의 역사, 불심의 성지일 뿐만이 아니라 무학의 성지.

최종적으로 반드시 부딪쳐야 할 곳.

복잡한 심경의 민비화. 그러나 강비의 얼굴이라고 편하진 않았다.

'일단은 하남으로 가긴 가야 하는데.'

굳이 빨리 갈 필요는 없다. 정보망을 통해 말을 전했으니 할 일은 다 한 셈이다. 하나 그렇다고 계속 이곳에 뭉그적거릴 이유 또한 없었다.

옥인만 없었다면.

옥인만 없었다면 진즉에 출발했을 것이다.

하지만 아픈 이 녀석을 두고 그냥 갈 수는 없었다.

그저 인연의 끈을 느꼈다고 방정을 떠는 건 아니었다.

어지간하면 남의 일에 끼어들지 않지만, 한 번 끼어들었으면 어떤 면에서든 책임은 져야 했다. 세상을 살아가며 지켜야 할 마땅한 도리라고 생각했다.

'빨리 일어났으면 좋겠는데.'

어떻게 여기까지 도주는 했지만 그렇다고 마냥 안심할 수는 없다. 성을 벗어나야 비로소 안심할 수 있을 것이다.

옥인이 깨어나고 제 몸 하나만 건사할 수 있게 된다면 바로 하남으로 향할 계획이었다.

"음……."

옥인이 깨어난 것은 그로부터 두 시진이 지난 무렵이었다.

어둑해진 세상. 희뿌연 달빛이 세상을 비추기 위해 안간힘을 쓸 시간이었다.

피폐해진 그의 눈빛 사이로 들어온 것은 한 명의

남자와 한 명의 여인이었다.

"정신이 드나."

"여기는……?"

"서안의 한 객점이다."

눈을 뜨자마자 밀려났던 기억이 한꺼번에 들어온 모양이다.

눈살을 한 번 찌푸리고는 바로 상체를 세운다. 몸 상태가 보통 나쁜 게 아닐 텐데, 인내심 한 번 대단하다는 생각이 들었다.

"구명지은(求命之恩)을 입었습니다. 어찌 감사의 말씀을 전해야 할지 모르겠군요."

"됐어, 모르는 사이도 아니니까."

모르는 사이가 아니다.

그 말 그대로였다.

단순이 이전에 한 번 봤다고 해서 끝이 아니었다.

어찌 되었든 강비의 공부는 화산에서 시작했고, 심지어 태사부인 소요자의 힘까지 받은 사람이 옥인이었다.

어떻게 엮기만 한다면 사형제지간이라 봐도 무방한 것이다.

"그래도 그런 것이 아니지요. 어떻게든 이 은을 갚겠습니다."

확실한 성격이다.

계산적이라는 생각이 들지는 않았다. 자신만의 확고한 규칙을 세운 남자였다.

나이는 강비보다 어렸지만 화산에서 보고 배운 것이 남다른지 어엿한 장부의 모습이 보인다.

"이분 소저는……?"

"아, 그쪽은 그냥 내 동행이야. 깊은 사이도 아니고 굳이 인사할 필요는 없지."

민비화의 눈썹이 상큼하게 일그러졌다.

속한 단체를 보았을 때 화산과 그리 좋은 관계를 유지하기는 힘들 것이 자명했지만, 그래도 옥인을 구하는 데 일조하지 않았던가. 강비의 말이 듣기 좋지만은 않다.

그러나 강비의 말이 맞다.

강비도 서로 부딪칠 만한 사이라는 걸 알았을 것이다. 그래서 선을 그은 것이다.

어차피 여기서 옥인이 민비화의 정체를 알아봤자 득 될 것이 없다는 판단이었다.

"몸은 어때? 많이 안 좋은가?"

"괜찮습니다. 의식을 회복했으니 빠르게 나아질 겁니다."

신의(神醫)라고 할 만한 의원은 아니었지만 이 근방에서 제법 명성이 자자한 의원이었다. 외상은 전부 고쳐 놓았고 이제는 내상만 다스리면 될 터, 그것은 오로지 옥인의 역량에 달렸다.

"좋아, 그럼 이만 헤어지도록 하지."

"예?"

"몸 하나 건사할 수 있다고 하지 않았나. 우리도 제법 바빠서 말이지."

"그래도 은을 입었는데……."

"굳이 갚지 않아도 되지만, 갚고 싶어도 당장 갚을 능력이 안 되잖아? 몸을 수복하는 데에 신경이나 써."

정답이었다.

옥인의 고개가 한 번 더 수그러졌다.

"반드시 화산에 들러 주십시오. 이대로 그냥 보내 드리기에는 면목이 없습니다."

강비의 눈이 살짝 찌푸려졌다.

'상당히 피곤한 성격이군.'

하지만 그것이 답답하다거나 미워 보이지는 않았다.

확실히 인재는 인재. 무공만이 아니라 사람 자체의 매력이 대단한 친구였다.

"알겠어, 시간이 되면 한 번 들르도록 하지."

"감사합니다."

이날 밤, 강비와 민비화는 섬서의 객잔에서 귀신처럼 사라졌다.

강렬한 인연으로 얽힌 두 사람의 이별.

수줍게 고개를 드러내는 얇은 달빛 아래로 피비린내 나는 전투의 향기는 흩어지는 안개처럼 그렇게, 천천히 사라지고 있었다.

이때까지만 해도 훗날의 재회 역시 그리 멀지 않음을 강비도 옥인도 알 수 없었다.

*   *   *

확실히 살았던 곳으로 오니 기분이 다르긴 다르다.

하남의 성도 정주(鄭州)에 위치한 암천루의 본거지

로 들어온 강비의 얼굴에도 비로소 긴장의 빛깔이 스러졌다.

"고생했다."

제일 처음 맞이해 주는 사람, 루주인 진관호였다.

반가움이 크게 드러나는 얼굴은 아니었지만 고생했다는 말 한마디에 안도의 심경이 다 담겨 있다. 강비는 나른한 얼굴로 고개를 저었다.

"술은?"

"이놈아, 너는 인사도 없이 술 먼저 찾는 거냐?"

"대금처리가 우선이지."

"대금처리보다 의뢰가 성공했는지부터 묻는 게 먼저 아니겠어?"

"실패했으면 인사도 없이 들들 볶았을 거 아냐. 실없는 소리는 그만하자고."

진관호의 입가에도 피식 웃음이 흘러나왔다.

확실히 싸가지 없는 말투를 들으니 실감이 났다. 강비, 이전보다 한층 성장한 면모로 돌아온 남자였다.

"그렇지 않아도 술상을 봐 두었다. 씻고 후원으로 와."

천하 각지로 뻗은 무시무시한 정보력.

하물며 하남 앞마당에 들어섰다면 강비가 언제, 어느 시점에 도착하는지 알아내기는 식은 죽 먹기였을 것이다.

귀찮음이 있는 대로 묻어 나오는 걸음걸이로 숙소를 향해 걷는 강비 옆, 귀신처럼 나타난 한 여자가 있었다.

다름 아닌 당선하였다.

"생각보다 멀쩡해 뵈네요?"

빠르게 달려오느라 옷이 찢어지고 피딱지가 묻어 누가 봐도 험악하기 그지없는 형상이지만, 몸 하나 건사하는 데는 무리가 없었다.

강비의 눈이 당선하의 몸을 훑었다.

그녀의 눈이 상큼하게 찢어졌다.

"변태처럼 어딜 훑어요?"

"그따위 어린 몸뚱이야 죄다 벗어도 눈길 한 번 안 간다. 오해는 사양이야."

"어지간히 죽고 싶나 보네요?"

"근데 왜 그래? 기도가 불안정한걸? 내상을 입었나?"

강비가 당선하의 몸을 본 것은 그런 이유에서였다.

비록 강비보다 한 수 처진다고는 하나, 그녀의 무공 역시 나이에 맞지 않게 대단한 수준이다.

아니, 나이를 감안한다면 대단해도 보통 대단한 것이 아니다. 자신의 기도를 숨기려면 충분히 숨길 수도 있는 경지라는 것이다.

한데도 일렁이는 기도가 예사롭지 않다.

평소의 그녀가 아니었다.

"소문주를 의선문으로 데려다주는 도중에 습격을 받았어요. 제법 몰려들더군요."

"습격?"

"섬서에서 돌파했던 마인(魔人) 집단은 아닌데, 무척이나 특이한 곳이었어요. 다행히 도주에 치중해서 살았지만 그 와중에 제법 내상을 입었죠."

강비의 눈에 번뜩이는 빛이 흘러나왔다.

당선하가 내상을 입을 정도로 살벌한 습격이라.

"요새는 이름 숨기고 개파무문(開派武門) 하는 것이 유행인가."

"그러게요. 본루의 정보력을 동원해도 아직까지 꼬리를 못 잡았어요. 하지만 워낙 특색이 있으니 금방 알아내겠죠."

암천루의 정보력으로도 알아낼 수 없는 집단.

민비화가 속한 곳도 그렇고, 광호라는 마인이 속한 곳도 그렇고, 갑작스레 어디서들 그리 튀어나왔는지 궁금할 따름이다.

하지만 강비는 솟구치는 궁금증을 접었다.

의뢰에만 집중하면 되는 것이다. 굳이 골치 아프게 여기저기 끼어드는 건 사양이다.

"어쨌든 수고했어."

당선하가 눈을 끔뻑였다.

그녀는 서슴없이 다가와 강비의 볼을 여기저기 꼬집었다.

그의 눈썹이 일그러졌다.

"놔."

"정말 내가 아는 강비 맞아요? 천하에서 제일 싸가지 없던 강비 나리께서 요새 왜 이러는지 모르겠네. 정체를 밝혀요."

"손에 창만 있었어도 머리통에 혹 하나 만들어 줬다."

"이제야 당신답네요."

피식 웃으며 유유히 사라지는 당선하였다.

그때 강비가 그녀를 잡았다.

"잠깐."

"왜요?"

"그거 어디에 있어? 내가 의선총경 후반부랑 함께 넘겼던 거."

"뭘 말하는 거예요? 아, 그 밀자가 새겨진 패요?"

"맞아."

"루주님한테 있을 거예요."

"알겠어."

"근데 갑자기 왜요?"

"신경 끄셔."

당선하가 투덜거리며 물러섰다.

"진짜 밥맛 없다니까."

*　　　*　　　*

"형님!"

간만에 마시는 죽엽청주(竹葉靑酒)의 감동을 모조리 날려 버리는 기운찬 목소리였다.

헐레벌떡 웃는 낯으로 뛰어오는 청년이 있었다.

아직 앳된 외모였지만 수려한 눈매와 오똑 솟은 콧날이 매력적인 청년이었다.

다소 마른 몸에 하얀 낯빛이 인상적이다. 손에는 제법 묵직해 보이는 무언가가 보자기로 싸여 있었다.

"왔냐."

"무사히 돌아오셨네요! 걱정 많이 했어요!"

"뭘 걱정까지."

"이번에도 제법 위험했다면서요?"

"언제는 안 그랬나."

"맞는 말이네요."

히죽 웃는 청년.

인피면구 제작, 세작 침투는 물론 정보 조직 관리까지.

무공을 제외하면 거의 못하는 게 없는 암천루 조직원이었다. 어린 나이에 어디서 그런 정교한 기술과 능력을 얻었는지 강비조차 궁금증을 내려 놓을 수 없는 인물.

장천.

청년의 이름이었다.

"죽엽청주? 저도 한잔 주세요!"

"사 먹어."

"쩨쩨한 것도 여전하시고요."

"안주 좀 가져오면 고려해 보마."

"그럴 줄 알고 준비해 왔지요."

손에 든 보따리를 푸는 장천이다.

보아하니 이럴 줄 알고 오리고기를 준비해 온 모양
이다. 강비는 피식 웃으며 술 한 병을 건넸다.

"잔은 없다."

"그것도 예상했어요."

오리고기 옆에는 자그마한 잔도 서너 개 있었다.

"점쟁이 해도 되겠네."

"여기서 형님 특이한 버릇 모르는 사람 한 명도 없
을 겁니다."

나른한 술자리를 한 번에 왁자지껄하게 만드는 능
력이 있었다.

순식간에 잔을 놓고 한 잔 따라 주니 희색이 완연
하다. 돈은 많이 벌어도 시간이 없어 술 한잔 못 마
시는 장천이었으니 그럴 만도 했다.

"오늘은 시간이 좀 나나?"

"예. 의뢰도 당분간 안 들어올 것 같고, 누님도 많

이 도와주셔서요."

"선하?"

"예, 혼자서 일처리 했으면 머리 빠개질 뻔했죠."

"걔는 몸도 아픈 애가 부지런하기도 하다."

"형님하고는 다르죠?"

"선하가 비정상인 거야. 몸이나 추스를 것이지."

"익힌 무공이 원체 대단하잖아요. 가만히 있어도 저절로 낫는다던데요?"

당선하의 무공은 수준 높은 정공이었다.

그저 그런 문파에서 대충 배운 무공이 아니다.

몇 세대를 통해 보완이 되고 단시일 내에 오의(奧義)를 엿볼 수 있을 법한 무공은 아닌 것이다. 천하의 절공(絕功)이라 봐도 무방하리라.

장천의 얼굴에는 숨길 수 없는 부러움이 가득했다.

처리하는 일은 다르다지만 장천 역시 어엿한 강호인이다. 강력한 무공을 익혔다는 것에 부러움을 느끼지 않을 수 없었다.

그런 장천을 가만히 바라보는 강비가 툭 말을 던졌다.

"부러우냐?"

"부럽죠. 안 부러우면 그게 사람인가요?"

솔직함이 그대로 묻어 나오는 말투였다. 이런 솔직함을 가진 아이가 어찌하여 세작 침투에 능한지 알 수가 없었다. 그것도 능력은 능력이다.

"루주에게 말은 들었냐?"

"뭘요?"

"이번 의뢰 전에 루주가 부탁했다. 너에게 한 수 지도해 주라고."

"네? 정말요?"

얼떨떨한 표정이다.

진짜로 모르고 있었던 모양이다.

"낙양 백문 의뢰에서 죽다가 살아났었잖아? 그게 걸렸던 것 같군."

"그랬군요."

장천의 얼굴에는 숨길 수 없는 기대감이 가득했다.

솔직한 성정이다.

밝고 명랑하다. 천성이 순한 녀석이었다.

사람들에게 그리 정을 많이 쏟는 편이 아닌 강비가 장천과의 대화를 즐기는 이유도 바로 이것이었다.

"기대는 하지 마. 나도 그렇게 강하진 않아."

"설마요."

이번 의뢰를 통해 스스로 많은 자극을 받은 강비였다.

그는 진심으로 자신의 경지를 그리 대수롭지 않다고 여겼다.

그보다 약한 자들은 세상에 발에 채일 정도로 많았지만, 동시에 강한 자들도 그에 못지않게 많았다.

그러나 그건 전적으로 강비의 생각일 뿐.

장천이 본 강비는 까마득한 곳에 앉은 고수 중에 고수였다. 암천루에서도 다섯밖에 없는 무력해결 전문가였다.

삼 년 전, 강비가 들어와서 다섯 건의 의뢰를 완벽하게 끝마쳤을 때였다.

암천루주 진관호가 했던 말을 장천은 아직도 잊지 않았다.

"서문 노인은 강하지. 까마득한 옛날에 일대종사(一代宗師)라 불릴 만한 경지를 구축한 고수야. 천외천(天外天)이라는 구파의 장문인들조차 승패를 장담할 수 없을 거다. 이운(李雲) 역시 강해. 무력으로 구파의 정예고수와 맞붙어도 꿇리지 않아. 게다가 이운은 암검(暗劍)을 익혔어. 어둠에 동화하여 암습을 가한다면 천하의 어떤 고수라 할지라도 목숨을 장담하지 못하지. 유소화(柳素花), 하일상(夏一想)도 각기 특색이 있는 고수들이야. 하지만 시간이 지나 최강의 절대자(絕對者)가 될 사람이 누구냐 묻는다면 난 주저 없이 강비를 꼽을 거다."

"왜죠?"

"녀석은 한계를 모르기 때문이지."

"그게 무슨 소리예요?"

"그릇이 다르다는 소리다. 성격과는 또 다른 부분이야. 그 나이에 스승조차 없이 지금의 경지를 구축한 것도 기경할 일인데 심지어 감까지 좋아. 지식이 부족한들 감각으로 세상을 바라보며 들어갈 때와 빠져나올 때를 본능적으로 아는 남자가 강비다. 그것은 비단 일처리에만 국한된 것이 아니야. 무도(武道) 역시 그렇다. 재능이 있는데도 자만하지 않고, 실패를 해도 실패라 생각하지 않는 강인한 정신력이 있다. 익히고 있는 무공 자체의 수준도 천하 정점을 바라보지. 장담컨대, 십 년 내에 강비와 맞상대할 고수는 천하를 뒤져도 흔

치 않을 거다."

암천루 최고수라는 서문 노인과 비교해도 부족하지 않는 대종사가 진관호임은 이미 공공연한 비밀이다. 그런 진관호의 말이라면 분명 이유가 있을 것이다.

장천의 얼굴에 기대감이 가득 흘렀다.

강비가 고개를 흔들었다.

"차라리 서문 노인에게 배우는 건 어떠냐? 나보다는 훨씬 나을 텐데."

"아니에요, 그냥 형님한테 배울래요."

"난 누굴 가르쳐 본 적이 없어. 받아들이는 너로서도 쉽진 않을 거다."

"걱정하지 마십시오. 배우는 제가 알아서 하겠습니다!"

말도 안 되는 엄청난 소리를 잘도 하는 장천이었다. 벌써부터 고수가 되기라도 한 듯 얼굴에 드러난 열기가 후끈하다.

강비도 결국 웃고야 말았다.

"한 잔 해라."

그렇게 주거니 받거니 반 시진이 지난 후였다.

어디선가 들려오는 불만 어린 목소리가 있었다.

"같이 마시자고 기다리랬잖아. 하여간 상관 말은
죽어도 안 듣는 놈이야."

홀연히 나타난 진관호였다.

피로한 기색이다. 허리춤에는 이전처럼 술병 서너
개가 달랑이고 있었다.

"루주님 오셨어요?"

"오냐. 너도 한잔 하냐?"

"예, 간만에 마시니까 좋네요."

"웃기는 소리하네. 한 수 지도해 준다니까 신난 거
지."

"어? 그걸 어떻게 아셨어요?"

"내가 널 한두 해 보냐? 척 하면 척이다."

제법 추운 날씨임에도 후원 바깥에 옹기종기 모여
앉아 술자리를 여는 세 남자였다.

"몸은 어때?"

쳐다보지도 않은 채 묻는 진관호였다.

나른한 강비의 표정은 변함이 없었다.

"괜찮아."

"속이 제법 쓰릴 텐데."

"술 마시면 나아."

"난 정말 네놈 몸뚱이가 어떤 구조로 설계가 됐는지 아직까지도 모르겠다. 보통은 죽는 시늉하면서 쩔쩔 매야 정상인데."

"몸이 원체 튼튼해."

"원체 튼튼해서 그렇게 맞고 다니셔?"

비꼬는 듯한 한마디였다.

강비가 코웃음을 쳤다.

"사지(死地)로 던져 준 사람이 말은 잘하는군."

진관호가 겸연쩍은 듯 웃었다.

"할 말 없게 만드는 건 여전해."

"그래서, 무슨 말이 하고 싶어서 한잔 하재?"

"어떻게 알았어?"

"빤하지."

"그렇게 표정에 다 드러나나?"

가볍게 한 잔을 들이킨 진관호의 얼굴은 그다지 밝지 못했다.

가만히 그 얼굴을 본 강비가 툭 한마디를 내뱉었다.

"또 박살 좀 나겠군."

"그래, 아마 힘들 거다."

"요새 아주 제대로 부려 먹는데?"

"미안하게 생각하고 있어."

"됐어, 그만큼 좋은 술상 받으면 돼."

미안할 것 없다는 소리를 이따위 말로 풀어 버리는 사람도 흔치 않을 것이다. 그럼에도 진관호의 얼굴은 펴지지 않았다.

"앞서 두 가지 의뢰는 특성이 달라. 상호를 박살 내라는 의뢰에서 현성진인이 나타날 줄은 몰랐거든. 바로 전의 의뢰는 위험도가 제법 높다는 걸 알았지. 심상치 않은 움직임들이 있었으니까. 이번 의뢰도 바로 전 의뢰와 비슷해. 서문 노인을 파견하고 싶었는데…… 내일 돌아오고, 다음 의뢰까지 잡혀 있어서 힘들다. 이운이나 유소화는 너무 멀리 있고, 하일상은 어제 출발했어. 너밖에 없다."

"무슨 의뢴데?"

쉽게 말을 꺼내지 않는 진관호였다.

몇 번이나 술잔을 비우고 난 이후에서야 그의 입이 열렸다.

"두 달 뒤 절강성에서 하나의 문파가 개파식(開派式)

을 거행할 거다."

개파식.

강호의 무문이 정식으로 무림에 발을 들이겠다는
의도가 가득한 행사다.

보통 개파식을 할 때는 주변 문파나 유명한 무문에
게 행사에 참여하라는 배첩이 돌아간다.

유수한 문파들의 개파식을 볼 때, 행사는 삼 일 정
도로 거행하며 문내의 고수들이 비무를 하는 등의 모
습을 보여 주기도 한다.

"그게 어때서?"

중원 천하, 하루에도 수십 개의 문파들이 문을 닫
고 열기를 반복한다.

정식으로 개파식을 열어 문파의 크기를 보여 주는
단체들이 많은 것은 아니지만, 그렇다고 크게 주목할
만한 사항도 아니었다.

"개파식과 함께 비무초친(比武招親)을 연다고 하
더군."

"비무초친?"

강비의 나른한 얼굴에도 어처구니없다는 표정이 드
러났다.

"요새도 그런 걸 하나?"

"공표를 했으니 분명 그러겠지."

비무초친.

숱한 비무를 통해 우승자를 가려내고, 비무의 우승자는 주최자의 여식(女息) 혹은 여인이 주최자일 경우, 주최자와 혼인을 한다.

말 그대로 강자(强者)를 가려내 혼인식을 거행하려는 의도였다.

과거 문파의 세가 약하거나 문파 주력을 강건하게 만들려는 많은 문파들이 비무초친을 내세워 개파식을 감행했다. 굳이 개파식이 아니더라도 혼기가 찬 여식이 있다면 비무초친이라는 행사를 열어 화제를 불러일으키기도 했다.

"그런데 비무초친이 왜? 요새는 거의 찾아볼 수 없다지만 그렇다고 주목할 만한 이유가 있나?"

"있지."

진관호가 다시 한 번 술잔을 들었다.

"새로 개파하는 개파식의 문주가 오강명(吳岡明)이라는 사람이다. 알고 있나?"

강비의 눈에 광채가 어렸다.

장천의 얼굴에도 놀라움이 서렸다.

"오강명이라면, 비정철곤(非情鐵棍)을 말하시는 건가요?"

"맞다."

세상사에 크게 관심을 두지 않는 강비 역시 오강명 이라는 이름 석 자는 알고 있었다.

비정철곤 오강명.

한 자루 철곤으로 호광 남부를 진동시켰던 고수였 다.

악인(惡人)을 징벌하는 데에 일말의 자비심도 없어 그의 손에 죽어 나간 악한의 숫자는 수를 헤아릴 수 도 없다고 하였다. 약관의 나이에 출도하여 이십여 년 간 막강한 무위를 자랑한 절정의 무인이다.

냉정하고 침착한 성격이지만 어려운 이를 보면 무 슨 수를 써서라도 도와주었고 악인이라면 신분이 어 떻게 되었든 살수를 쓰는 데에 망설이지 않은 협사 (俠士)다.

삼 년 전에 불현 듯 종적을 감춘 것으로 한동안 세 상을 떠들썩하게 만들기도 했다.

누군가의 손에 죽었다는 소리도 있었고, 부족한 무

공을 완성하기 위해 수련에 들었다는 소문도 있었다.

"평생을 홀로 떠돌 거라 생각했는데."

"그래, 다들 그렇게 생각했지. 하지만 드러난 결과
는 달라. 아직 정확한 건 아니지만 놀라운 고수들이
그의 휘하에 있다더군. 이름을 알 수 없는 고수들부
터 한 지역에서 제법 명성을 날렸던 무인들까지, 그
수만 삼백에 이른다고 했다."

"고수 진까지 합쳐 삼백이라……."

많기도 하다.

도대체 삼 년 동안 무엇을 하였기에 삼백여 명의
무인들을 휘하에 두고 문파를 열었을까.

물론 강호를 돌아다니며 친분을 쌓아 둔 무인들이
제법 있기야 하겠지만 느닷없이 삼 년 만에 삼백의
고수를 휘하로 두고 문파를 열 것이라는 건, 분명 묘
한 냄새를 풍기는 일이었다.

"근데 오강명에게 여식이 있었어?"

"아니, 없었다. 저번까지는."

"무슨 소리야."

"양녀(養女)를 삼았다고 하더군."

"양녀?"

"그래. 몰락한 절강 문 씨 상가의 무남독녀였대. 지난바 재력이 어마어마해서 그렇게 갑자기 몰락할 줄은 아무도 몰랐지. 상가의 가주는 화병으로 죽고, 상가 내에 가인들도 뿔뿔이 흩어졌어. 정확히 사 년 전의 일이다. 아직까지도 제법 유명한 사건이지."

사 년 전에 몰락한 상가의 무남독녀.

그리고 삼 년 전에 모습을 감춘 한 고수의 개파식.

그 고수의 양녀로 들어간 상가의 후예.

"이건 뭐 대놓고 수상하군."

"그렇지? 그 양녀를 두고 비무초친을 한다고 하더라. 그런데 이 양녀의 미모가 가히 절세용모라, 이미 어렸을 때부터 절강 일대에서는 소문이 자자했다고 해. 아마 인근에서 제법 힘 좀 쓴다는 무인들은 대거 몰려들 거다."

"그래서 비무의 승자는 그 양녀와 혼인을 한다?"

"맞아."

뭔가 수상쩍기는 하지만 그렇다고 아주 일어나지 못 할 일은 아니다.

그러나 펴질 줄 모르는 진관호의 얼굴만큼이나 강비의 얼굴도 굳어졌다.

무지막지한 전술이 휘몰아치는 전장에서의 경험과, 생각지도 못했던 강호 음지(陰地)에서의 경험이 경각심을 불러일으키고 있었다.

고약한 음모의 냄새가 난다.

"본론을 얘기하진 않았어. 내가 해야 할 일이 뭔데?"

"글쎄…… 이걸 어떻게 말해야 할지."

난감하다는 표정이다.

진관호의 입이 천천히 열렸다.

"의뢰 자체는 그 문파가 수상하니 어떤 의도로 개파를 했는지, 비정철곤 오강명의 진의(眞意)가 무엇인가를 밝혀 달라는 것이었다."

강비가 눈을 끔뻑였다.

"그럼 내가 나설 것도 없잖아? 그건 정보대대의 영역이지 내 영역이 아닌……."

말을 하면서 깨닫는 강비였다.

천천히 술 한 잔을 비워 낸 그가 고요하게 말했다.

"비무초친에 참가해야 하는 건가?"

"……그래."

"이유라도 알자."

"정보전(情報戰)이 치열했어. 어떻게든 파고들었는데 도통 꼬리가 잡히지 않더군. 그래서 확신을 했다. 그 개파식…… 문파에 뭔가가 있어. 평범한 문파라면 그 정도로 정보를 통제하지도 않을 것이고, 할 수도 없어. 심지어 정보 제일이라는 개방에서도 제대로 파악하기 힘든 모양이야. 우리도 마찬가지지."

"정면으로 돌파해서 뭔가를 알아내라는 것이군."

"맞아. 위험하지만 제일 확실한 방법이지."

"의뢰자는?"

진관호의 얼굴은 여전히 펴질 줄을 몰랐다.

오히려 이전보다 더 어두워지고 있었다.

"정확히는 의뢰자가 아니야. 의뢰 집단이지. 독단적으로 의뢰를 하긴 했지만, 아무래도 그 집단 전체가 알고 있겠지."

"갈수록 가관이군. 이쪽 세계니까 구파는 아닐 테고. 설마 오대세가는 아니겠지?"

"……."

"맞는 모양인데. 어디야?"

"황보(皇甫)."

"수틀리면 박살 내겠다고 쫓아오겠군."

황보세가.

산동 제남에 뿌리를 둔 오대세가의 일익이다.

강맹한 권법으로 유명한 황보세가는 오대세가 중 가장 호탕하고 가장 격렬하다고 알려진 무가(武家)다.

가문임에도 구대문파에 필적하는 세력을 가졌다는 오대세가의 일익이라면 이미 그 위험도는 산출 불가다.

"황보세가는 어떻게 암천루를 알고 있는 거야? 아니다, 알고 있겠군. 전에 한 번 오대세가 때문에 박살 날 뻔했다고 했었지?"

"맞아. 본루의 이름까지는 몰라도 하는 일이 어떤 일인지에 대한 건 알고들 있겠지. 하지만 굳이 오대세가라서 의뢰를 받은 건 아니야."

"의선문 때처럼 빚이 있었나?"

"정확해. 실상 오대세가가 고수들을 급파해서 본루를 한 번 휘저었을 때 서문 노인의 노력이 아니었다면 큰일이 날 뻔했지. 그런 서문 노인과 황보세가가 친분이 있었어. 황보세가가 암암리에 돕지 않았다면 진짜로 위험했을 거야."

"빼도 박도 못하겠네. 제대로 외통수야."

"원체 호탕한 가문인지라 빚으로 생각하진 않겠지만 그렇다고 쉽게 볼 수도 없는 가문이지. 오대세가 중에서도 가장 솔직한 가문인 만큼 정보력에서도 딸릴 거야. 그래서 이쪽으로 접선을 한 거지."

"의뢰자는 누구였는데?"

"황보문(皇甫雯). 세가의 이가주(二家主). 황보세가 내에서도 거물 중에 거물이다."

"의뢰를 한 이유는?"

"비정철곤 오강명과 가장 친한 벗이었어. 이십 년 지기라지. 황보문이 오강명을 보러 갔을 때, 아예 만나 주지도 않았다고 하더군. 거기서 뭔가 낌새를 눈치챈 거겠지. 황보문의 말에 의하면 협기(俠氣)가 남다르되 세력을 가질 만한 사람이 아니라 했다."

"그랬군."

의뢰자와 의뢰 이유, 그리고 의뢰 항목까지 전부 알았다.

설령 서문 노인이 있더라도 이 의뢰에는 적격이 아니다. 이미 나이가 먹을 대로 먹을 양반이 뭣하러 비무초친에 참가하겠는가.

시선을 제대로 끌 테니 부적격이다.

"두 달 뒤라고 했지? 그럼 넉넉잡아서 보름 생각하고 가면 되겠네."

"그래, 그동안 마음의 준비를 좀 해 둬."

"알겠다."

"그리고 이번엔 천아도 함께 동행하는 게 좋겠어."

장천은 놀라지 않았다.

세작 침투는 아니지만 암천루와 끊임없이 정보를 교류해야 하며 정체를 숨기는 데에도 출중한 능력을 가졌다.

강비와 함께 하기에는 장천만 한 인재가 또 없다.

"알겠습니다."

대답은 즉각 나왔다.

얼마나 위험할지 알 수가 없음에도 자신감이 넘친다. 하지만 믿음이 간다. 어린 나이 혈기로 마냥 불타기에는 그간 장천이 겪은 수라장 역시 만만치 않았던 것이다.

"또 하나 말할 게 있다. 이건 비, 너에게만 묻는 거야."

이전 의뢰를 말할 때보다 신중한 얼굴.

진관호의 얼굴에 심각한 빛이 떠올랐다.

"말해."

"밀법패(密法牌)를 알고 있나?"

밀법패.

어디서 많이 듣던 세 글자다.

다름 아닌, 지금 정주의 한 객잔에서 기다리고 있을 민비화가 그리도 떠벌리고 다녔던 패의 이름이다.

"그걸 당신은 어떻게 알아? 아니다, 그렇지 않아도 말하려고 했어. 그거 좀 줘."

"그래. 뭐? 주라고? 밀법패를?"

"일단 뺏기는 뺏었는데 쓸모없을 것 같아서. 나와 동행한 여자가 있다는 건 알고 있지?"

"알아. 대놓고 함께 다녔는데 모를 수가 없지."

"걔 품에서 꺼낸 거야. 돌려 달라고 찡찡대는데 여간 시끄러운 게 아니었다. 굳이 싸우고 싶지도 않고, 줘 버리려고."

진관호가 잠시 침묵을 유지했다.

신중, 심각, 어느 단어를 써도 알맞을 만큼 굳어 버린 얼굴이었다.

골똘히 생각하는 기색이 평소의 그답지 않았다.

습관처럼 술잔을 들고 입에 털어 넣은 그가 재차 입을 연 것은 일각이라는 시간이 지난 후였다.

"밀법패. 저 멀리 새외(塞外) 밀교(密敎)의 무리들이 갈라져 나와 만든 무파(武派), 법왕교(法王敎)의 신물(神物)이라는 걸 알고 있나?"

"헉……."

법왕교라는 말에 장천의 얼굴이 하얗게 질려졌다.

지금 세상에선 모르는 이들이 대다수이지만 대륙 정보에 일가견이 있는 자들이라면 결코 모를 수 없는 이름이 진관호의 입에서 튀쳐나왔다.

강비는 살짝 고개를 저었다.

"나도 잘은 모르지만 전장에서 있을 때 한 번 듣기는 했어. 꽤 오래 전에 중원에 혈풍(血風)을 일으킨 존재들이라고 하더군."

"맞아. 정확하게는 전전대, 사대마종(四大魔宗)이라 불리는 단체 중 하나였다."

"사대마종? 어감이 좋진 않은데."

"중원에서 붙인, 어느 순간 같은 시기에 대륙을 침투했던 네 군데의 대방파들을 말함이다. 거의 전설처럼 회자되고는 했지. 그중에서도 법왕교는 종교적 색

채가 짙고, 내세운 교리(教理)가 그다지 삿되지는 않아 그나마 정대하다고 평가를 받긴 했다."

"그러니까 나와 동행했던 시끄러운 여자가 법왕교 소속이라는 건가?"

"맞을 거다. 그것도 그냥 소속이 아니지. 밀법패는 법왕교에서도 몇 안 되는 신물이야. 보통 신분은 아닐 거다. 적어도 후계자, 혹은 후계 후보 정도는 되겠지."

강비의 눈이 침잠했다.

밀법패, 법왕교, 민비화.

더불어 의선총경을 구하기 위해 섬서에서 뛰던 와중, 자신들을 덮쳤던 의문의 마인들까지.

"마공을 구사하던 집단도 있었나?"

"있지. 두 군데가 있다. 하나는 비사림(秘死林), 나머지 하나는 초혼방(招魂房)이다. 초혼방의 경우 마공도 마공이지만 기이하고 사악한 술법(術法)으로 이름이 높았지. 전설의 강시를 직접 제조한 집단도 초혼방이었으니까."

강비의 머리로 순간 빛살처럼 스치고 지나가는 대화 한 자락이 있었다.

"나는 비사림(秘死林)의 광호(光虎)라 한다. 훗날, 다시 볼 날이 올 것이다. 그때까지 목 간수 잘해라. 네 놈 목은 내가 베겠다."

광호란 자는 분명 자신의 소속을 비사림이라 하였다.

초혼방이라는 단체 역시 마찬가지로 들은 바가 있었다.

의선문의 문주 한회가 언급한 의선총경의 강시제조술, 그 원류가 바로 초혼방이라 하지 않았던가.

게다가 민비화가 속했을 거라 추측 가능한 법왕교까지.

'이상할 정도로 얽혔다.'

일순간 그는 어디에서도 받지 못했던 강렬한 이끌림을 받았다.

비사림, 초혼방, 법왕교.

이성으로 설명할 수 없는 기이한 느낌이었다.

언젠가 한 번 그들과의 싸움에 끼어들게 되지 않을까, 라는 너무나 확실하고도 모호하기 짝이 없는 느낌이다.

표정을 푼 강비가 술잔을 들었다.

"어쨌든 나와는 당장 상관이 없잖아. 당신에게도 그렇고. 밀법패를 당장 돌려주지 않으면 곤란해지는 건 우리일 것 같은데?"

"맞는 소리야. 골치 아픈 물건을 가져왔더군."

"되돌려주면 돼. 너무 깊게 생각하지 마."

"깊게 생각하는 게 내 일이다. 게다가 그냥저냥 넘길 일이 결코 아니야. 그쪽 사람과 얽힌 이상, 분명 다시 한 번 만나게 될 거다."

민비화는 강비의 무공을 보았다.

그토록 무서운 집단의 속한 후계, 혹은 후계 후보보다도 강인한 무공이다. 나이 차도 별로 나지 않으니 주목하지 않으면 이상하다.

하물며 하남 정주까지 따라왔으니 당장은 아니더라도 훗날 어떻게든 엮일 가능성이 있다.

"그럼 그때 가서 생각해 보자고."

진관호가 피식 웃으며 양손을 들었다.

"하여간 속도 편하다. 알겠다, 밀법패는 주지. 알아서 하겠지만 그 처자에게 본루에 대해서 떠들지 말고."

"알겠다."

*   *   *

밀법패를 받은 민비화는 뒤도 돌아보지 않고 길을
나섰다.

그 흔한 대화조차 하지 않는다. 강비나 그녀나 마
냥 웃으면서 담소나 나누기에는 엮인 상황이 그리 호
의적이진 않았다.

그러나 그녀는 가기 전 한마디를 남겼다.

"다음에는 기대하세요. 패한 것, 제대로 갚아 주
죠."

강비의 대답은 가관이었다.

"물건 받았으면 곱게 가라."

돌아가는 민비화의 발걸음은 유난히 신경질적이었
다.

*   *   *

하루 만에 올 거라 생각했던 서문종신은 이틀이 지

나서야 암천루로 도착했다.

간만에 서문종신을 본 강비의 눈에 이채가 어렸다.

의복 사이로 보이는 붕대. 새것으로 갈았지만 살짝
피가 배어 나왔다. 기공(氣功)의 경지가 극한에 다다
랐음에도 아직까지 치유하지 못한 것이다.

입은 상처가 만만치 않았다는 증거.

"뭐야, 영감. 어디서 그렇게 얻어맞고 왔어?"

"하여간 말본새 하곤. 너 옛날에 술 안 줬으면 벌
써 주먹 날아갔어, 인마."

그들만의 정다운 대화였다.

그러나 마냥 대화만 나누기에는 서문종신의 표정이
좋지 않았다. 내상은 제대로 다스린 모양이지만 아직
완전하진 않다. 피폐한 기색이 역력했다.

강비는 상당히 놀라고 있었다.

서문종신이 얼마나 대단한 고수인지 잘 아는 까닭
이다.

지금의 강비로서는 보이지도 않는 높은 곳에 거한
고수 중에 고수가 아니던가. 무당파 장로라는 현성진
인조차 존재감 하나에 압도당해 손 한번 쓰지 못했었
다.

그런 서문종신이 상처를 입었다.

"집단 구타라도 당한 거야?"

"그럼 쪽팔리게 한 놈한테 당했겠냐?"

수긍이 가는 말이었다.

"어지간히 강한 놈들이었나 봐?"

"이번엔 좀 위험했어."

지나가듯이 이야기하는 서문종신.

지금까지 단 한 번도 '위험'이라는 두 글자를 사용해 본 적이 없던 그다. 적어도 강비 앞에선 그러했다.

그가 위험했다면, 진짜로 위험했다는 뜻이다. 사지(死地) 중에 사지였을 것이다.

어쩐지 궁금해졌지만, 서문종신의 표정을 보아하니 답해 줄 것 같지도 않았다. 실제로 서문종신은 휘적휘적 걸어가더니 숙소로 덜컥 들어가 버렸다.

강비의 나른한 눈이 더욱 낮게 가라앉았다.

'이상한 공기군.'

암천루의 공기를 말하는 것이 아니었다.

그의 주변, 뭔가가 벌어지고 있었다.

갑작스레 위험도가 급증한 의뢰도 그러하고 확실히

이전과 다르긴 다르다.

'됐다, 일단 내 상태부터 점검하는 게 먼저야.'

어떠한 위험도 헤쳐 나갈 수 있는 힘을 기르는 것이 우선이다. 불안해하면 될 것도 안 되는 것이다.

그는 가부좌를 틀고 앉아서 호천패왕기를 운용했다.

순식간에 집중하는 강비.

전신에 신비로운 붉은빛 서기(瑞氣)가 어린다.

진기를 도인하면서도 그는 깨달았다.

이전보다 한층 진중하고 깊어진 공력.

양의 문제가 아니라 질의 문제였다.

한 차례 격전을 치르고 자신과 대등한 고수와 손속을 나누면서 진기 운용과 무도(武道) 그 자체에 깨달음이 있었던 모양이다.

격류처럼 내달리는 진기는 확실히 거셌지만 묘하게 안정적이기도 하다. 채 낫지 않은 내상이 급속도로 수복되고 있었다.

그의 운기조식이 끝난 시간은 두 시진이 지난 후였다.

하늘이 천천히 석양으로 물들 무렵.

어느새 한 자루 목봉(木棒)을 쥔 강비의 앞으로 긴장한 기색의 장천이 섰다.

"난 아직 네 무공이 뭔 줄 몰라. 그래서 말인데 한번 너의 실력을 봐야겠다."

"알겠어요."

천천히 자세를 낮추는 장천이다.

자연스러운 자세였다.

자연체(自然體)에 가까운 자세지만 언제 어느 때라도 돌진할 수 있을 법한 자세.

중원 정통 무공에서는 쉬이 찾아볼 수 없는 자세, 필시 실전에서 깨달은 장천만의 기수식일 것이다.

"와라."

파악!

바닥을 박차고 나아간다.

강비의 눈에 광채가 어렸다.

'제법인데.'

순식간에 치고 들어와 일권(一拳)을 날리는데 강렬한 힘은 부족하지만 쾌속하고 날카롭다. 기세도 예리한 것이, 생각 보다 훨씬 힘찬 첫수다.

어설프게 무공을 익혀서 나올 수 있는 주먹질은 아

니었다.

타다닥!

손에 쥔 목봉은 움직이지도 않은 채 왼손으로 모조리 막아 내는 강비였다.

제법이라 하지만 둘의 격차는 지나치게 컸다.

빠르고 날카로운 권격(拳擊)이 유성처럼 쏟아졌지만 강비의 손짓은 난공불락의 방어를 자랑했다.

"흡!"

짧은 흡기(吸氣). 동시에 하단을 노린다.

상체의 급소만을 노리다가 순간적으로 파고드는 하단 공격. 진중한 맛은 떨어질지언정 적절한 임기응변으로 무공을 풀어내고 있었다.

타앙! 타앙!

공기를 찢어발기는 힘찬 주먹.

왼손과 최소한의 몸놀림으로 장천의 무공을 모조리 막고 흘려 낸다. 장천의 권법이 비수와 같다면 강비의 몸놀림은 흐르는 물과 같았다.

그렇게 공방을 주고받길 수십 차례.

파아앙!

찰나지간 훅 하고 끼쳐 드는 기파였다.

아래에서 위로 솟구치는 각법의 날카로움이 심상치 않았다. 초승달처럼 휘어지는 발길질이 실로 위협적이다.

회심의 한 수랄까. 이전과는 판이하게 다른 일격이었다. 틈을 노리고 강렬한 공격을 가해 온 것이다.

타닥!

가볍게 손등으로 쳐 내 버린 강비였다.

그러나 장천은 실망하지 않았다. 이미 격이 다른 고수라는 사실은 잘 알고 있었던 것이다. 공격에 실패한다고 해서 실망할 필요가 없다.

그 시간에 어떻게 상대를 공략할까를 먼저 생각하는 마음, 그는 충분히 이 전투에 몰입하고 있었다.

강비의 눈에 서린 광채가 조금씩 짙어졌다.

'이거…….'

걸물이다.

강비가 본 장천은 대단해도 보통 대단한 인재가 아니었다.

보아하니 펼치는 권법의 근본은 높은 수준이 아닌데, 그걸 이렇게까지 실전적으로 구사한다.

단순히 실전적인 것이 전부가 아니다.

무공 본래가 가진 형(形)을 파괴하고 제 스스로 해석해서 펼쳐 내는 권법이었다.

'대단해.'

그는 순수하게 감탄했다.

지금껏 살펴보지 못했던 천재(天才)가 여기에 있었다.

지닌 무공 수준이 낮았을 뿐, 제대로 된 무공만 익히고 있었다면 누구의 도움 없이도 이미 비상(飛上)의 날갯짓을 펄럭이고 있었을 녀석이었다.

상념이 계속되는 와중에도 장천의 공격은 계속되었다.

이미 어느 정도 수준인지 파악은 끝났다.

강비의 입에서 '그만' 이라는 소리가 막 나오려던 참이었다.

부우웅.

쾌속하고 날카로웠던 권법의 흐름이 달라졌다.

송곳처럼 쏘아지던 주먹과 발길질이 부드럽게 휘어진다.

좌단타(左短打)에 우슬격(右膝擊)이다.

한순간에 들어오는데 마음을 놓고 있던 강비가 놀

랄 정도로 기가 막힌 수법들이었다.

강비가 처음으로 발걸음을 뒤로 옮기며 장천의 공격들을 피해 냈다.

파악!

공기를 찢는 소리 역시 달라졌다.

직선과 곡선이 적절하게 배합이 되었던 이전 공격과는 판이하게 달랐다. 부드러운 와중, 날카로움이 살아났다.

몸이 물로 이루어진 사람이 비수를 휘두르는 것 같았다.

'이건?!'

이번엔 진짜로 놀라 버렸다.

장천의 눈은 이미 초점이 사라진 상태였다.

몰입이 극점에 다다랐다는 증거였다.

상대를 어떻게 공격할까, 어떻게 쓰러트릴까, 그런 수준조차 넘어섰다. 무아지경(無我之境)이 따로 없었다.

'무리(武理)를 얻었어?'

처음 공격을 감행했을 때의 장천이 아니었다.

강비의 손짓과 몸놀림, 기파의 분위기를 읽고 그의

무리(武理)를 몸으로 체득해 가고 있었다.

한번 수준이나 알고자 덤비라 했는데 이 한 번의 대결 와중에 스스로 커 버린 천재가 있다. 강비조차 기가 차서 어떻게 대응해야 할지 몰랐을 정도였다.

'확실해. 이놈은 진짜다.'

이런 천고의 기재를 이제야 알아보았다니 눈을 다 도려내고 싶은 심정이었다. 아무리 타인에게 무관심했다 하지만 이럴 수가 있나 싶다.

'한번 끝까지 해보자.'

장천의 공격에 맞추어 강비의 몸놀림도 달라졌다.

딱딱 끊어지는 손놀림.

이전 흐르는 듯한 움직임이 아니라 벼락처럼 빠른 단타의 방어법이었다.

타다닥!

장천의 공격 역시 달라졌다.

부드럽던 움직임이 한순간에 폭발적으로 바뀌었다.

타점(打點)의 극에서 끊어 치고 후려친다.

내공이 달려 진기의 순도는 옅어졌지만 오히려 위력이 증가했다. 어지간한 고수가 아니라면 일격만 허용해도 뼈가 박살 날 권법 살초들이 속출하고 있었다.

'역시.'

이번에도 강비의 무리를 그대로 훔쳐 나갔다.

본능적으로 달라지는 권법이었다.

이 정도 되면 감탄으로도 끝나기가 어렵다.

그렇게 얼마나 지났을까.

눈에 띄게 느려지는 무공.

온몸은 땀에 젖고 내지르는 주먹에는 힘이 실리질 않는다. 호흡도 격해서 이전 집중 역시 깨져 버린 것 같았다.

"그만."

"헉헉."

그만 소리와 함께 무릎을 쥐고 호흡을 고르는 장천이었다.

얼마나 격렬하게 권법을 전개했는지 온몸이 붉게 달아오르고 있었다. 근육이 비명을 지를 만큼 전개했던 무공이 거셌기 때문이다.

강비는 호흡을 고르는 장천을 아무런 말도 없이 바라보았다.

'이래서 가르치는 맛이 있다는 건가.'

불쑥, 욕심이 일었다.

가르치고 싶다는 욕심이었다.

이 정도 기재를 제대로 가르친다면, 훗날 어떤 경지에 도달할 수 있을까. 그것을 지켜보고 있는 것만으로도 재미있을 것 같았다.

"호흡을 잘 골라라. 제대로 숨을 쉬는 건 그냥 숨만 내쉬고 들이쉬는 게 아니야. 네 단전에 똬리를 틀고 있는 내공과 대자연에 퍼진 기(氣)를 동조(同調)하면서 호흡을 고르는 거야. 그것이 체화(體化)가 되면, 어지간한 경우가 아닌 이상 호흡에 이상이 오진 않을 거다."

말조차 제대로 할 수 없을 만큼 호흡이 격렬했지만, 듣는 귀는 멀쩡하다.

강비의 말을 들은 장천은 최대한 기감을 느끼며 호흡에 치중했다.

변화가 온 건 순간이었다.

그토록 격했던 호흡이 빠른 시간 정상으로 돌아왔다. 아직 육신이 무겁지만 대화를 할 만한 수준인 되는 것 같았다.

'이해도 빠르군.'

머리나 감각이나 육신이나, 어느 하나 모자람 없이

발달한 천재였다. 발군의 재능이었다.

"너, 익힌 무공이 뭐냐?"

"내공심법은 삼선법(三仙法)이고 권법은 구진당수(九鎭撞手)라고 하는데요."

삼선법과 구진당수.

구진당수는 모르겠지만 삼선법이라면 강비도 알고 있었다.

강호에 흔해 빠진 양생술(養生術)은 아니어도 돈으로 구하고자 한다면 어떻게든 구할 수 있는 내공심법이다. 그리 뛰어나지는 않지만 상중하 세 개의 단전을 두루 단련시킬 수 있는 심공으로 도가의 무공을 근본으로 한다.

진전이 느리고 구결도 간단하다.

다만 그 정심함은 깊어 제대로 익힌다면 평생 무병장수할 수 있으며, 따로 무공을 배우지 않아도 신력(神力)을 뿜을 수 있다고 했다.

그걸 아니, 다시 한 번 감탄할 수밖에 없었다.

'삼선법으로 이 정도의 무공을 펼쳐?'

정심함이 남다르다지만 또한 강호에 퍼진 절정의 무공들에 비하자면 손색이 있어도 이만저만 있는 게 아니다.

그럼에도 뻗어 내는 주먹과 다리에서는 무시 못 할 내력이 깃들어 있다.

구진당수라는 권법 역시 아주 무시할 수 있는 수준은 아니어도 일류의 무공이라 하기엔 어렵다. 단순히 진기와 권법을 보면 수준 높은 무공을 제대로 익혔다는 느낌이 들 정도이니, 장천의 무재가 얼마나 대단한지 알 수 있었다.

"그게 전부야? 신법(身法)은?"

"신법이요? 그건 루주님이 직접 전수해 준 거예요. 풍형비(風形飛)죠."

"풍형비라……."

적어도 진관호가 전수해 주었다면 신법 하나는 기가 막힌 무공이었을 것이다.

어쩐지 삼선법과 구진당수만으로 세작 침투가 가능했는지 의아했는데 그런 수준 높은 신법이 있었기에 가능했던 모양이다.

'하체가 탄력적이고 튼튼하다. 주먹에 제대로 힘이 실린 것도 하체 덕분이야. 허리도 강건하니 어떠한 움직임에도 파탄이 잘 드러나질 않을 테지. 수련 하

나는 잘했군.'

항상 바쁘다고 들었는데 그런 와중에도 수련을 게
을리 하지 않았을 것이다.

노력형 천재.

여러모로 기특한 녀석이었다.

"오늘은 쉬고 내일부터 제대로 시작하지. 하지만
짚고 넘어가야 할 부분은 있다."

"세이경청 하겠습니다."

"인상적인 무공이었다. 솔직히 감탄했어. 하지만
그것이 전부다. 자신의 몸 상태도 제대로 파악하지
못한 채 절제 되지 않은 파괴력을 발산하면 결국 끝
에 남는 건 죽음뿐이다. 봐라, 네 몸을. 삼선법의 정
심함이 없었다면, 이미 근육이 파열되었을 거야. 몰
아지경에 든 건 기특한 일이지만, 그렇다고 당장의
전투를 업신여겨서도 안 돼. 이게 실전이었다면 내가
공격을 했든 방어를 했든 결국 넌 죽었어."

뼈가 되고 살이 되는 금과옥조였다.

확실히 장천의 재능과 집중력은 놀라웠지만, 마지
막에 강비의 무리를 얻었을 때는 자제할 줄도 알았어
야 했다.

그처럼 탄력적인 권법은 아직 육신과 기의 단련이 절정에 달하지 못한 장천에게는 독이다. 파괴력은 있되, 결국 파탄을 드러내게 된다는 것이다.

장천 역시 그 부분을 느끼고 있었던 듯 고개를 숙였다.

"명심할게요, 형님."

"오늘은 몸을 돌보면서 푹 쉬어. 내일 다시 한다. 그때까지 지금의 공방전을 하나하나 되짚어 보는 거다. 그것만으로도 큰 공부가 될 거야."

그렇게 장천을 뒤로 한 채 강비가 향한 곳은 루주인 진관호의 집무실이었다.

"시간 되나?"

"웬일로 날 찾아왔어? 앉아라."

척척 다가와서 그의 맞은편에 앉은 강비가 불쑥 입을 열었다.

"천아에게 풍형비라는 신법을 전수해 주면서 왜 기공법(氣功法)은 전수하지 않았어?"

"아하, 그걸 물으러 온 거로군."

진관호는 가만히 의자에 등을 기댔다.

두 손으로 눈을 비비는데 어지간히 피곤한 기색이

었다.

"녀석과 한판 해보니 어때? 가르칠 만하던가?"

"알고 있잖아. 그냥 가르칠 만한 수준이 아니야."

"그래, 봤으면 알겠지. 천아의 재능을."

"무인들을 많이 본 건 아니지만, 지금까지 살면서 천아만 한 천재를 본 적이 없어. 가르치려면 제대로 가르치지 왜 신법 하나만 덜렁 건네줬어?"

진관호가 어처구니없다는 듯 입을 열었다.

"인마, 말이라고 하냐? 내 무공은 일인전승(一人傳承)이야. 일문일맥(一門一脈)이란 말이다. 아무리 내가 개판으로 살지언정 문파의 규율이라는 게 있는데 그걸 아무한테나 막 전해 주랴? 풍형비 하나 전해 준 것도 엄청나게 고심한 거라고."

딴엔 맞는 말이었다.

강비는 가만히 침묵하다가 다시 입을 열었다.

"내공심법 따로 구할 수 있나?"

"왜? 내공까지 제대로 가르쳐 보게? 처음하고는 많이 다르군."

"이왕 건드려 본 거, 제대로 가르쳐야 할 거 아냐."

"하하, 이놈, 이거 탄력 받았군. 그저 둘 모두에게 공부가 될까 싶어 부탁한 건데."

"왠지 재미있어질 것 같아서."

"재미? 네놈 입에서 재미란 말이 나오다니, 내일은 해가 서쪽에서 뜨려나 모르겠다. 좋아, 내공심법 하나 건실한 걸로 구해 주지."

"이왕이면 정순하고 치상결(治傷結)이 뛰어난 걸로 구해 줘. 내공심법 자체가 강건하진 않아도 그 두 가지가 뛰어난 거면 돼."

진관호가 고개를 갸웃거렸다.

"이왕이면 더 좋은 걸 구하지 왜 굳이 그 두 가지를……. 아하, 새로 뜯어고쳐서 전수하려고?"

역시나 눈치 하나는 좋다.

내공심법을 만든다는 것, 누군가가 들으면 헛소리라고 치부할 만한 일이었다.

그러나 강비가 보고 익힌 무공들의 수준은 천하에서 정점을 달리는 것들이었고 경지 역시 낮지가 않았다.

그간 신공의 이해도도 무섭도록 성장했으니 불가능한 건 아니었다.

"위험하진 않을까? 보통 작업이 아닐 텐데."

"해 보는 데까지는 해 보고. 정 안 되면 서문 영감도 있으니까. 아마 재미있다고 달려들 거야."

"하긴, 그 양반 성격이라면 그렇겠지. 뭐 치상결이 뛰어난 내공심법이라면 기다릴 필요도 없어. 괜찮은 거 하나 있으니까. 그거 말고는 볼 것도 없는 심법이지만."

진관호는 일어나 벽면으로 가더니 수많은 책자들을 뒤적거리기 시작했다.

'정리정돈'이라는 네 글자를 아예 머릿속에서 지워 버린 듯 수더분하게 쌓이고 꽂힌 책들이 눈에 한가득 들어왔다.

그렇게 뒤적거리길 반 각여.

먼지를 탈탈 털어 내며 건네받은 책자가 있었다.

"청천공(靑天功)이다. 과거 청천맹이라는 연합단체가 있었는데 그때 만들어진 내공심결이야. 진기 자체의 강건함은 떨어지지만, 치상결의 공능이 무지막지해서 어지간한 내상은 숨 몇 번 들이쉬면 낫는다고 하던데."

강비는 가볍게 청천공의 책자를 훑어보았다.

대강 훑어보았지만 무공의 특성을 파악하는 데에는

충분한 시간이었다.

"확실히 치상결이 좋군. 생각보다 훨씬 정순해. 바탕이라면 이만한 심법도 없겠어."

"이왕 심법 하나를 만들어 낼 거면 다른 것들도 가져가. 참고가 될 거다."

그렇게 청천공을 제하고도 다섯 권의 내공심법을 받은 강비는 그대로 숙소로 돌아갔다.

달이 휘영청 뜬 늦은 시각.

실로 간만에 무학 서적을 탐독하는 강비였다.

두 시진이나 지났을까.

총 여섯 권에 달하는 책자를 읽은 강비가 드물게 미소를 지었다.

'괜찮군.'

여섯 권의 내공심법들은 각기 특성이 뚜렷했다.

청천공은 정순함과 치상결이 뛰어나 언제 어느 때라도 육신을 강건하게 만들어 주었다.

단순한 치상결만 보자면 중원에 퍼진 어떠한 신공 못지않았다. 튼튼한 바탕이 되어 줄 만한 심법이다.

용왕기(龍王氣)라는 심법은 진기의 도도함이 남달라 면면부절(綿綿不絕)함이 특징이었다. 한 줄기 호흡으로도 진기를 이어 가니 지구력을 살리는 데에 좋을 것이다.

철혈진마공(鐵血鎭魔功)은 비록 극단적인 마공이긴 하지만, 진기가 강성하여 파괴력을 살리는 구결이 눈에 띄었고, 비어수류공(飛魚水流功)은 진기운용이 자유자재라 흐름을 살리는 데에 뛰어났다.

환허진기(換虛眞氣)는 육신의 감각을 극대화하는 구결이 대단했고, 이원공(二元功)은 중단전을 공고히 다스리기 때문에 정심(貞心)을 쌓기에 좋았다.

'각 무공의 특성을 살린다면……'

잘하면 상당한 수준의 무공이 탄생할 수도 있겠구나 싶었다.

그렇게 또 다른 의뢰를 시작하기 두 달 전.

강비와 장천은 각자의 공부에 매진했다.

짧지만 충분히 뜻깊은 시간이 될 수 있는 기간이었다.

                    *   *   *

"흠…… 어디 보자."

서문종신은 열흘 동안 제대로 잠 한숨 못 잔 강비를 뒤로한 채 그가 만들어 낸 심법의 구결을 훑었다.

아직 완성시키지는 못했지만 기반은 잡았다.

몇 가지는 접목시키고 몇 가지는 호천패왕기의 구결을 살짝 섞어 활용도를 높였지만 그것으로 끝이었다. 아직 홀로 모든 것을 감당하기에는 강비로서도 무리였다.

찬찬히 읽어 나간 서문종신이 책자를 내렸다.

"어때, 영감?"

서문종신은 가만히 강비를 바라보았다.

흔들리는 눈동자.

마치 강비가 장천을 바라보았던 것처럼, 서문종신의 눈동자 역시 강비에 대한 감탄으로 물들었다.

'재능이 있는 줄 알았지만 이 정도일 줄은……'

열흘 동안 뭘 그리 뚝딱거렸나 싶었는데 심법을 만들어 낼 줄은 몰랐다.

비록 각자 구결들이 살아 있는 무공들을 섞은 것이지만, 그것 하나만으로도 충분히 대단한 일이다.

강비가 섞어서 재창조한 심법은 한마디로 뛰어났다.

아직 완성이 되지 못해 골조만 세워졌으나 튼튼하고 거대해서 어떻게 해도 무너질 염려가 없었다.

기반 하나는 제대로 잡은 셈이다. 단순 뼈대만 보자면 구파나 오대세가의 절학들 못지않겠다.

"이걸 너 혼자 다 한 거냐?"

"그래, 거기까지가 내 한계야. 도저히 머리를 굴려도 안 되더군."

"확실히 빼어나긴 하다. 여기까지 도달했다는 것만으로도 대단한 거야. 스스로에게 칭찬해 줘도 된다."

"시간이 없어. 어떻게 해야 할까 상담 좀 하러 왔어."

피곤한 기색이지만 눈동자는 또렷하다.

서문종신은 클클 웃으며 책자들을 살폈다.

홀로 모든 것을 떠안으려 했지만 한계를 느꼈으니 도움을 청한다. 그것도 그냥 고수가 아니라, 천하에서도 맞상대할 수 있는 이가 손에 꼽히는 고수의 도움이다.

두 명의 천재가 책자를 잡고 몰두의 시간을 보냈다.

"유상관일(有常貫一)에 해무일기로(解無一氣路)

라. 괜찮군. 하지만 여기서는 안 돼. 충분히 살릴 수
있지만, 진기 운용에 자칫 방해가 된다."

"여기, 이 부분. 틈이 있어. 이러면 유장하게 흐르
던 진기가 끊길 가능성이 많아."

"이곳에는 용왕기의 구결이 맞아 떨어진다. 조금
과한 감은 있지만 치상결이 뛰어나서 별문제는 없어.
오히려 탄력만 붙으면 진기의 격렬함이 거세진다. 뒤
로 갈수록 눈덩이처럼 커질 거야. 비어수류공의 구결
을 첨가해. 그러면 가능해지지."

"중반부, 여기에 철혈진마공의 특성을 살리고 싶은
데 원체 극단적인 마공구결이라 멈칫하게 돼."

"거기는 안 된다. 자칫하면 중단이 흔들려. 거기
서는 환허진기의 감각력을 믿고 넣으면 좋겠어. 이
전이 이원공이었으니까, 육체와 기의 감도가 극대화
된다."

"마지막이 중요해. 대하(大河)가 도달할 수 있는
큰 그릇을 만들어야만 하지. 여기는 청천공 자체의
구결을 살리는 게 좋겠다. 정순함으로 시작해 정순함
으로 끝내야 해. 천지 간의 퍼진 기를 하나의 정(淨)
으로 완성시키는 것. 그게 이 심법의 요체(要諦)야."

구결에 대한 완벽한 이해를 가진 두 천재의 시간은 깊어져만 갔다.

서문종신은 일대종사에 달한 안목으로 전체적인 심법의 합을 살폈고, 강비는 파격적인 방법으로 섞어 내는 데에 능했다.

가끔은 생각지도 못한 파탄이 드러났지만, 그보다는 구결에 구결이 씌워져 점점 견고한 하나의 심법이 드러나게 되었다.

"어디, 나도 볼까?"

궁금했던지 진관호도 한 번씩 다가와 이것저것을 짚었다.

서문종신처럼 전체적인 상황을 보는 데에는 부족했고, 강비만큼의 파격은 없었지만 안정적이고 틈을 보는 날카로움은 진관호가 단연 압도적이었다.

두 사람이 보지 못했던 것들을 짚어 내니 미세하게 잔존했던 파탄의 기미들도 모조리 날려 버렸다.

그렇게 둘의 노력과 다른 한 명의 도움으로, 한 달 만에 새로운 심법 하나가 완성이 되었다.

단순히 여섯 개의 심법을 합친 것이 아니라 강비가 익힌 호천패왕기의 구결에 서문종신의 심득(心得)까지 섞여 낸 심법. 한 달 만에 만들어진 무공이라고는 도무지 믿겨지지 않을 만큼 대단한 수준의 기공법이 었다.

두 절세고수와 한 명의 천재가 이루어 낸 역작이었다.

"이름은 혼원일정공(混元一淨功)으로 하지. 바라보는 이름 그대로야."

"괜찮군."

실상 완성이 된 것은 이틀 전이었지만 혹시나 모를 위험이 있을까 두려워 파고들고 또 파고들었다.

다행히도 혼원일정공은 완성된 하나의 내공심법으로 부족함이 없었다.

서문종신이 클클 웃었다.

"이런 수준의 무공이 될 줄은 시작할 땐 몰랐다. 내 심득(心得)에 루주의 무리(武理)까지 섞고, 네놈 신공 구결도 일조한 보람이 있어. 이건 뭐 깊이가 무지막지하구만."

강비의 얼굴에서도 보기 드물게 보람찬 미소로 가득했다.

비록 함께 만들어 낸 무공이었으나 이 정도 수준의

무공은 중원 천하, 어디를 뒤져도 찾기 쉽지가 않다.

진관호도 축하해 주었다.

"처음에 만든답시고 가져갈 때는 혹시나 싶었는데, 대단해. 밑도 끝도 없이 탄생한 무공이 이 정도라니."

진짜 행운을 거머쥔 건 장천이었다.

장천의 얼굴에는 감격의 기색이 역력했다.

"감사합니다. 제가 이런 걸 받아도 될지……."

"웃기는 소리 말아라. 스스로의 재능도 모른 채 썩고 있다는 것 하나만으로도 죄악이야. 지금이라도 재능을 받쳐 줄 힘이 생겼으니 다행이다. 처음에는 다소 불안정하겠지만, 네놈이 익힌 삼선법이 도가의 심법이니 무리 없이 섞일 게다. 어디 잘해 봐."

"하해와도 같은 은혜를 입었습니다. 어떻게 갚아야 할지 모르겠어요."

"어이구, 어린놈이 못하는 소리가 없다. 네놈이 혼원일정공을 제대로 익혀 스스로를 완성시키면 그것이 곧 우리에 대한 은혜를 갚는 것이다. 수준이 높고 깊이가 있으니 대성하기가 어려울 거야. 뼈를 깎는 노력으로 참오해라."

서문종신의 말은 가벼운 가운데 묘한 진중함이 있

었다.

"그런데 이놈 권법의 형(形)은 어떻게 할 거야? 구진당수라, 기본으로 나쁘진 않지만 나아갈 길에 한계가 있어. 권법 하나도 따로 만들 거냐?"

강비가 고개를 저었다.

"지금 당장 만들기에는 시간이 촉박해. 더군다나 혼원일정공은 운이 좋아서 금방이었지 권법은 언제 완성이 될지 알 수도 없어. 이번 의뢰는 제법 위험할 테니 그전에 몸에 붙여 두려면 지금 당장 시작해도 부족하지."

"그럼 어쩔 거야? 네놈 무공이라도 전수하려고?"

"내 무공은 아니더라도, 내 무공의 근본이 된 권법이 있잖아?"

서문종신의 눈이 반짝였다.

"오호라, 곤륜의 권법?"

"어차피 멸문한 문파의 무공이야. 알아볼 사람도 많지 않을걸? 혼원일정공도 근본은 도가무공이니까 맞기도 잘 맞을 것 같은데."

"그렇기야 하겠지. 생각해 보니 괜찮은 방법이군. 근데 너, 그 권법의 원형을 기억하고 있냐?"

"그게 문제이긴 한데, 아무래도 풀려면 시간이 걸릴 것 같아. 영감이 좀 봐 줘. 하루면 될 거야."

"심심한데 그것도 좋겠지."

무(武)라는 글자 하나에 합심한 무인들이다.

거기에는 나이의 많고 적음이 상관없다.

그저 열정 하나면 족했다.

서문종신과 강비의 무공이 틀을 맞추고 장천의 몸에 들러붙는 것, 그야말로 일사천리였다.

그렇게 보람찬 연무(鍊武)의 시간이 지나고.

마침내 의뢰의 때가 다가왔다.

4.
전초전(前哨戰)

"지금까지 계속 건드렸는데, 아무래도 무리야. 알아
낸 것이라고는 개파식에 참가할 무인들의 숫자와 소속
문파 정도지. 조심해야 할 거다. 이 정도의 정보차단은
결코 쉽지가 않아. 개파식 이후라면 돌파구가 보일 것
도 같은데 그래서야 의뢰의 의미가 없어지겠지. 고생
스럽겠지만 제대로 움직여 줘."

진관호의 신신당부가 아직도 머릿속에 맴도는 것
같았다.
"비무초친이라……."

의뢰를 하다하다 이젠 그런 광대놀음에도 참가를 해야 하나 싶었다.

의뢰라면 딱히 종류를 가리지 않는 강비에게도 이번 의뢰는 상당히 곤욕이었다.

바닥에 쌓인 눈을 전부 걷어 내고 피풍의를 깐 채 누운 그의 얼굴 위로 미세한 달빛이 쏟아졌다.

겨울이 왔다.

나무들은 헐벗고 세상에는 반갑지 않은 하얀 손님들이 무더기로 대지를 방문하고 있었다.

다행히 지금은 눈이 내리지 않아 노숙을 해도 무리가 없었다.

범부라면 추위에 떨겠지만, 익힌 내공의 성취가 남다른지라 이 정도 추위는 별문제가 없었다.

정작 문제는 장천에게 있었다.

그동안 익혀 온 내공이 있고 이젠 혼원일정공이라는 희대의 신공을 연마하는 와중이지만 뼛속까지 얼릴 듯한 추위를 전부 떨쳐 내기엔 무리였다.

털옷을 입은 채 모닥불에 의지한 장천의 얼굴엔 발그스름한 혈기가 돌았다.

"엇차. 형님, 여기 받으세요."

"그래."

이 추운 와중에 용케 토끼 두 마리를 사냥한 두 사람이다.

제대로 손질해서 먹음직하게 익은 토끼 고기가 뱃속을 뜨끈하게 만든다. 간은 없지만, 노숙의 별미다.

"이제 한 사흘쯤 가면 절강이네요."

"왜? 늦추고 싶냐?"

"뭐, 조금은요."

순수한 웃음이 전해져 온다.

상승의 무공을 접한 지 얼마 되지 않은 장천이다.

이동하는 중에도 혼원일정공의 구결에 집중했고 휴식을 취할라치면 태청신권(太淸神拳)의 투로를 답습했다.

확실히 그의 재능은 놀라운 면모가 있었다.

이십 일이라는 짧은 시간, 이미 태청신권의 복잡한 투로를 몸에 붙여 놓았던 것이다. 단순히 형만 익힌 게 아니라 실전에서 써먹어도 될 만큼 단단하게 붙였다.

이제 초입에 불과하지만 이 기세로 가면 조만간 상당한 경지의 권법가가 될 것 같았다.

"그래도 쉴 때는 쉬어. 절강성에 들어서면 잠도 제대로 못 잘 거다."

"네, 걱정하지 마세요. 그런데 형님."

"왜?"

"비무초친에 참가하실 거면, 우승이라도 하실 건가요?"

"우승이라니 당치도 않다. 얼마나 대단한 고수들이 나올지도 모르는데. 더군다나 난 아직 혼인할 생각도 없어."

"하지만 아무래도 침투할 목적이라면 우승해서 당당히 내원으로 들어서는 게 유리하지 않겠어요?"

"승자가 되고 신랑으로 확정이 된다 해도 언제 혼인식이 거행될지 누가 알겠냐. 그럼 기하급수적으로 시간이 늘어나. 우리에게는 그만한 시간이 없어."

"그래도 우승자는 따로 대우가 있을 걸요? 설마 바깥에서 지내라고 하겠어요?"

"글쎄, 아직은 몰라. 상황을 보고 거기서 어떻게 나오느냐에 따라 우승을 할지 그냥 간만 볼지 생각해야지. 그리고 우승이 그리 쉬울 것 같지도 않아."

"그래 봤자 형님한텐 한 주먹거리들일 텐데요."

"세상에 고수는 많아."

진심이었다.

드러나지 않은 고수들, 천지에 깔렸을 것이다.

당장 이전 의뢰만 해도 그와 맞상대할 만한 젊은 고수들이 몇이던가. 심지어 그보다 강한 이도 있었다. 이토록 음모의 냄새가 진동하는 곳에서 강자가 안 나설 리는 없다.

경험으로 얻은 직감이었다.

"근데 형님은 봉술(棒術)도 익히셨나요?"

강비의 어깨에 비스듬하게 기대져 있는 것은 여섯 자 길이의 장봉(長棒)이었다. 창은 아니지만 이전에 사용했던 장창과 비슷한 강도의 봉이었다.

"창술이나 봉술이나 한 끗 차이야. 급한데 손에만 익으면 뭐든 못하겠냐."

"대단하네요."

이전에 너무 행적을 많이 드러냈다.

평소에 창술을 구사하며 창술 못지않은 권법까지 구사하는 강비다. 섬서에서 벌어졌던 전투에서 충분히 알려졌을 가능성도 있다.

그것이 바로 인피면구를 쓰고 손에는 창 대신 장봉

을 든 이유였다.

지금 강비의 얼굴은 이십대 중반 정도로 평소의 나른한 얼굴이 아닌 다소 날카로워 보이는 얼굴이었다.

정교한 인피면구.

실제로 쓴 강비조차 어색함을 느끼지 않을 정도였다. 장천 역시 인피면구를 써서 수려한 외모를 가려둔 상태였다.

사실 그런 문제가 아니더라도 이런 비밀스러운 의뢰에선 본 얼굴을 가려 두는 게 이롭다.

"넌 어떻게 할 거야?"

"저요? 뭘요?"

"내가 비무에 나설 때 그냥 구경만 할 건 아니잖아. 세작 침투 전문이라며? 솜씨 좀 발휘해 보지그래?"

"그래야죠. 한 번 보고요. 차라리 역사가 있는 무파라면 하인의 신분으로라도 침투할 수 있는데 신생 문파라 어떻게 생겨 먹었는지도 모르잖아요. 어려움이 있죠."

"그렇겠지."

제법 답답한 상황이다.

정보력이 제대로 뒷받침 되어만 준다면야 침투 한 번 하는 데 무슨 어려움이 있겠는가.

어떤 위험 요소가 있는지, 어느 건물이 어떤 배치로 있는지를 알면 어지간한 무인들도 쉽사리 침투가 가능하다.

"하지만 이런 위급한 상황에서 행하는 침투야말로, 빛을 발하는 법이지요. 절 믿으세요. 이래 봬도 암천루 최고의 침투 전문가 아닙니까."

당당하게 가슴을 두드린다.

"기도를 조심해야 할 거다. 혼원일정공을 익힌 지 얼마 안 되었기 때문에 자신도 모르게 기파를 조절하는 데에 문제가 발생할 수 있다. 흔한 무인들이라면 속여 넘길 수 있겠지만 고수라면 이야기가 달라져."

"옙, 걱정하지 마세요."

그렇게 이름 없는 야산에서 밤을 보내는 두 사람이었다.

휘영청 뜬 달이 구름 사이로 숨어들고 산은 완전한 어둠으로 둘러싸였다.

싸늘한 바람이 야산의 몸뚱이를 사정없이 할퀴고 지나가고, 쌓인 눈은 소리 없는 비명을 지르며 단단해졌다.

완연한 겨울 날씨에 수면을 취한 장천은 저도 몰래 옷깃을 여몄다.

나무에 기댄 채 꾸벅꾸벅 졸던 강비의 눈이 뜨인 것은 축시(丑時)가 조금 지나서였다.

'뭐지.'

사나운 바람 소리가 사위를 휩쓸고 있었지만, 그 안에 이질적인 또 다른 소리가 들려왔다.

강비의 기감이 저절로 확대되었다.

'북동쪽. 발소리가 작다. 숨기려 들지 않는군.'

꽤나 먼 거리에서 다가오는 자가 있었다.

한 사람이다.

보폭이 성인 남성보다 좁고 가냘프다는 느낌이다.

'어린애는 아냐, 여인인가.'

시간이 지나고.

예전이었다면 느끼지 못했을 감각을 느끼는 또 한 사람이다.

장천의 눈이 살짝 뜨였다.

"형님?"

"그래."

이 정도 거리에 소리를 듣는다. 이전보다 훨씬 증대된 감각이었다.

장천의 눈이 날카롭게 빛났다.

"어린애는 아닐 테고…… 여인인 것 같군요."

"그럴 거다."

"여자 혼자 이 새벽에 눈 덮인 산길을 오르다니, 별일이네요."

"방향이 이쪽이다. 곧 보게 되겠지."

그의 말이 맞았다.

희미하게 흩날리는 불씨를 보았던 것인지 일각이 지나서 도달한 한 사람이 있었다.

어둠 속, 범부라면 분간을 제대로 못할 시야였지만, 두 사람은 나타난 여인을 정확하게 볼 수 있었다.

그래서 놀랄 수밖에 없었다.

후리후리한 키에 팔다리가 긴 체형이었다. 이런 산을 오르는데도 궁장에 털옷을 걸쳤다.

하지만 정작 놀라운 것은 그런 것이 아니었다.

'맹인(盲人)?'

눈을 감고 있다.

저 멀리서부터 감은 채로 다가온 것이다. 불빛을

보고 온 것이 아니란 소리다. 사람이 놀래도록 만드는 데에 재주가 없어 보이니 맹인이 맞는 것 같았다.

"안녕하신가요?"

청아한 목소리였다.

먼저 인사를 건네 오는 여인. 장천도 살짝 일어나 예를 취했다.

"어두운 산중에 인연이로군요. 한데⋯⋯."

워낙 상식을 벗어난 외관 때문일까. 장천도 당황했는지 뒷말을 잇지 못하고 있었다.

여인의 입가가 작은 곡선을 그렸다.

유려한 미소였다.

"인기척이 있어 이리로 들렀습니다. 홀로 산을 넘는 것이 적적하여 가능하다면 길동무나 하자는 심정이었는데, 괜찮을까요?"

거리낌 없이 본론부터 말해 온다.

한데도 그것이 예의에 벗어나 보이진 않는다. 신비로운 존재감을 가진 여인이었다.

장천이 저도 모르게 강비를 둘러보았다.

강비는 여전히 앉은 채로 나뭇가지 하나를 든 채 모닥불을 뒤적였다.

천천히 열리는 그의 입.

"용건은?"

무미건조한 목소리였다.

평소 그의 어조보다 훨씬 무감각하고 무정하다.

여인의 미소가 짙어졌다.

"길동무입니다."

"또 더 없나?"

"제가 수상한가요?"

"상식적으로 수상하냐고 묻는 당신이 이상하지. 그먼 거리에서 기척을 느끼고 다가온 것만 해도 놀랍다."

"처음 보는 입장인 건 똑같은데, 제게도 두 분이 수상할 수 있다는 생각은 안 해 보셨나요?"

"다가온 건 그쪽이야. 말이 되는 소릴 해."

여인은 시종일관 여유로웠다.

눈을 감고 있어서 눈빛을 보진 못하지만, 어쩐지 재미있다는 기색이었다.

"한낱 여인네의 미약한 힘 따위 일거에 날려 버릴 수 있는 거력(巨力)을 품으신 분일 텐데, 경계심이 짙으시네요."

"더 이상 모르는 사람과 말장난하고 싶은 생각 없다. 진짜 용건을 말해. 머리통 날아가기 전에."

살기를 드러내지 않음에도 어조에서 느껴지는 살의(殺意)는 용암처럼 뜨겁고 거셌다.

장천은 놀란 눈으로 강비를 바라보았다.

평소의 강비답지 않다고 느낀 탓이다.

"형님?"

"조용."

목소리만으로 주변 공기가 급강하하는 것 같았다.

이토록 묵직한 분위기의 강비를 장천은 본 적이 없었다. 그의 입이 저절로 닫혔다.

여인의 미소도 사라졌다.

눈을 감았는데도 마치 뜬 것처럼 강비를 향한다.

잠시 후 그녀의 입이 열렸다.

"진심이군요."

"용건은?"

"마혼주(魔魂主)를 저승으로 보낼 군신(軍神)이라…… 확실히 다르네요. 앞으로의 행보를 즐겁게 지켜보려 왔는데, 자칫 잘못하면 목숨을 잃겠어요."

다시 여인의 입가에 미소가 드리워졌다.

아름다운 미소였다.

"그래도 어쩔 수 없지요. 전 당신을 따라다니기로 결정했거든요."

어처구니없는 발언이었다.

게다가 마혼주니 광풍의 군신이니 도통 알아들을 수 없는 말을 해 댄다.

강비의 눈이 모닥불에서 여인에게로 돌아갔다.

나른함 속, 서늘한 한기가 요동친다. 호천패왕기가 달아올라 검은 동공이 불처럼 타오르는 것 같았다.

"용건은 말했는데 알아들을 순 없군. 묻겠다. 정체가 뭐냐."

"제 이름은 벽란(碧蘭)이라 해요."

천천히 일어나는 강비.

손에 쥔 장봉이 패왕진기를 받아 거칠게 울린다.

뜨겁게 달아오르는 기파, 순간적으로 주변에 깔린 눈이 화악 퍼져 나갔다.

"너와 같은 분위기를 가진 사람을 한 번 본 적이 있지."

강비가 평소와는 달리 바로 전투 태세를 유지한 건 이유가 있었다.

이전 의선문에 도달했을 적, 의문의 술사가 펼친 환귀진에 빠졌었다.

그때 부서진 환귀진 사이로 한 명의 중년인이 나타나 묘한 말을 하곤 사라져 버렸다.

중원의 복식과는 영 어울리지 않는 특이한 복장. 전신에 서린 기도가 무인의 그것과는 판이하게 다른 자.

술법을 익힌 자다.

술가의 외인, 술사였다.

그것도 보통 술사가 아니었다.

벽란이 희미하게 고개를 끄덕였다.

"그렇겠죠. 당신이 본 사람은 십대혼주(十大魂主) 중 삼혼주(三魂主)입니다."

"십대혼주니 삼혼주니 실상 내 알 바는 아냐. 왜 당신이 여기에 있는지, 왜 나와의 동행을 원하는지 그 근본적인 이유를 물었다. 알아듣지 못할 말로 대화할 거라면 사양이야."

천천히 창봉으로 벽란을 겨눈다.

강철로 만들어진 창봉.

창날은 없다.

한데도 뻗어 낸 봉첨에서는 무서운 예기가 일어나는 것 같았다.

창날이 있으나 없으나, 원한다면 신기에 이른 창술을 구현할 능력이 되는 것이다.

벽란 역시 서늘하게 일어난 예기를 느꼈는지 표정을 굳혔다.

창날의 예기 속, 살기까지 일어난다.

강비는 더 이상 말을 섞으려 하지 않았다.

이번 한 번, 제대로 대답을 하지 않으면 말이 끝남과 동시에 창봉을 휘두를 것이다.

더할 나위 없이 막강한 공격으로, 피할 수 없는 일격으로.

'섣불렀어.'

벽란은 살짝 후회했다.

군신의 예언을 받은 자가 어떤 사람인지 궁금해 조금 장난을 쳤는데 이런 식으로 일이 돌아갈 줄은 몰랐다. 보다 진중하고, 보다 예의가 있을 거라 생각했는데 이건 완전히 달랐다.

예측불가의 성정.

흔들리지 않는 정심이지만, 그것은 곧 한 번 마음

을 먹는다면 어떻게 해서든 마음먹은 바를 진실로 만들어 낸다는 의미이기도 하다.

하지만 동시에 얻은 것도 있었다.

'이 사람이라면…… 확실해.'

예언을 받았을 때만 해도 그것이 사실인지 의아했지만 이렇게 만나 보니 알겠다.

자신의 예측은 한참 벗어났으나, 그만한 능력이 되는 사람이라는 걸.

아직 완성되지 못한 힘이라 하나, 그 잠재력만큼은 끝을 알 수 없을 만큼 깊은 사람이라는 걸 알았다.

벽란이 가볍게 고개를 숙였다.

"무례했던 걸 용서해 주세요. 전부 말씀 드리겠어요."

이전과 다른 분위기였다.

신비로운 기도는 여전했지만, 진심이 느껴지고 있었다.

강비는 가만히 그녀를 쳐다보다가 겨누었던 창봉을 내렸다.

"앉아."

털썩 그 자리에 앉아서 모닥불을 뒤적였다.

놀라운 행동이었다.

이것도 예측하지 못했다. 최소한 으름장이라도 한 번 놓을 줄 알았는데 그마저도 안 한다.

'정말 상식을 불허하는 사람이구나.'

여러모로 놀라운 사람이었다.

엉거주춤한 장천도 어느새 앉았다.

순식간에 본래의 얼굴로 돌아간다. 당황 따위의 감정은 눈을 씻고 찾아보아도 없다. 이 상황 자체를 이해한 것이다.

평온하다. 감정의 동요가 보이질 않았다.

'이 사람도 대단한데.'

결국 벽란도 모닥불 앞에 앉았다.

눈이 있음에도 앉는다. 한데 신기하게도 눈이 꺼지는 느낌이 없다. 말 그대로 눈 위에 앉아 버린 것이다.

장천은 놀랐지만 겉으로 동요하는 모습을 보이지 않았다.

그 역시, 이 여인이 결코 범상치 않은 사람이라는 걸 느꼈기 때문이리라.

"장황하게 처음부터 끝까지 말씀을 드릴까요, 아니

면 본론만 확실하게 말씀 드릴까요?"

"머리통 날아가지 않을 정도의 본론이면 족하다."

자신을 설득하라는 말이었다. 기가 막힌 말이었다.

벽란은 희미하게 웃었다.

"그거 괜찮네요."

가볍게 숨을 몰아쉰 벽란.

붉은 입술 사이로 새하얀 김이 흘러나왔다.

"초혼방을 들어 보셨나요?"

강비의 눈썹이 꿈틀거렸다.

'또……'

비사림과 법왕교, 거기에 초혼방이라는 단체까지
나왔다.

이렇게 엮이는 것인가.

이 신비로운 기도의 여인을 보면 초혼방이 아니라
저 세상에서 사는 사람이라 해도 믿을 듯했다.

실상 어떤 단체가 입에서 나와도 모자람이 없을 것
같았다. 귀신처럼 보이진 않지만, 사람으로도 보이지
않는 묘한 분위기였다.

"안다."

"중원에서는 사대마종 중 하나라 불렸다죠."

"알아."

"본론을 원하시니 본론만 말하지요."

가볍게 숨을 몰아쉬는 벽란의 얼굴에는 이전에 보지 못했던 신중함이 함께했다.

"당신이 초혼방의 방주, 초혼신(招魂神) 마혼주(魔魂主)를 죽일 것이라는 예언을 받았어요. 그래서 어떤 사람인지 궁금해서 보러 왔죠. 만약 그 예언을 사실로 만들 만한 능력이 되는 사람이라면 어떻게든 옆에서 돕고 싶었고, 그것이 아니라면 간단히 얼굴만 보고 돌아서려 했어요."

강비의 눈이 벽란에게 향했다.

눈을 감고 있었지만 얼굴, 분위기에서 느껴지는 뭔가가 있었다. 적어도 거짓말을 하고 있다는 느낌은 없었다.

조용히 있으려던 장천의 입이 쩍 벌어졌다.

너무 밑도 끝도 없는 본론이었다. 앞뒤 말을 다 자른 압도적인 본론이었다.

"초, 초혼방주라니? 초혼방주가 살아 있단 말입니까?"

벽란이 고개를 끄덕인다.

"초혼방주만이 아니지요. 나머지 사대마종 역시 전 성기의 힘을 되찾았는걸요. 하긴, 다른 곳은 세대 교 차로 신생이라 들었어요. 하지만 초혼방은 다르지요. 술법, 혼(魂)의 영역에서 비인(非人)의 술(術)을 구 사하는 집단이니까요."

알아듣기가 영 힘든 말이지만 뭘 말하려는 건지는 알겠다.

"사대마종이 다시 중원으로……?"

"이미 들어선 곳도 있죠. 아마 군신께서는 보셨을 텐데요."

서슴없이 군신이라 부르는 벽란이었다.

강비는 굳이 그녀가 부르는 호칭을 나무라진 않았 다.

다만 골똘히 생각할 뿐이다.

"비사림과 법왕교."

"만나셨군요. 하지만 그들만이 아니죠. 아까 말씀 드렸다시피 의선문에서 만난 술사 한 명이 있을 겁니 다. 그 사람은 초혼방의 삼혼주로, 특히나 술법을 기 반으로 대규모 진식(陣式)을 한순간 구현해 내는 데 에 능한 술사입니다."

강비는 환귀진이라는 진법을 떠올렸다.

놀라운 진법이었다.

어떻게 찾아내긴 했지만 영문도 모르고 진법 안에 갇혀 꼭두각시처럼 놀아날 뻔하지 않았나.

차라리 맞상대할 수 없을 만큼의 강자와 겨루는 것이 낫지, 그런 알 수 없는 영역에서 힘을 갖춘 사람과는 싸우기가 껄끄럽다.

"그래서, 내가 초혼방주를 죽일 거라는 예언을 들었기에 날 도우려 왔다?"

"정확하게 말하자면 옆에서 지켜보며 보좌나 하고 싶은 정도였어요."

"다른 건 이만 됐어. 어차피 깊게 얘기해도 다 이해하지 못할 것 같으니. 하지만 이건 알아야겠다. 이 드넓은 중원 대륙에서 어떻게 우리를 찾았지?"

중요한 의문이었다.

초혼방주를 죽일 군신이니 뭐니, 실상 믿기도 힘들고 믿지도 않았다.

거짓말을 하는 것 같지는 않으니 그것으로 족했지만 더 이상 건드리고 싶은 내용은 아니었다.

진짜 궁금한 건 자신들을 어떻게 찾았는지다.

천하 대륙이 얼마나 넓은데, 딱 이곳 야산에서 자신을 찾았는가. 이건 결코 우연일 수가 없다.

벽란이 살짝 웃었다.

그녀가 품에서 자그마한 구슬 하나를 꺼냈다. 전체적으로 어둡다는 느낌이 강하게 드는 구슬이었다.

"묵계주(墨界珠)라는 기물(奇物)로, 상위 법구(法具) 중 하나랍니다. 다루기는 힘들지만 주(呪)를 외면 기(氣)를 추적할 수 있지요."

뭔가 말도 안 되는 물건이었다.

"기를 추적해?"

"군신께서 일전 환귀진을 깨부쉈을 때, 삼혼주에게도 군신의 진기가 묻었지요. 기라는 것은 상호 연관성이 강하지요. 너무나 미약했지만 예언의 복점(卜占)으로 대략적인 장소를 알아내고, 그 장소에 도착하다 보면 기가 풍기는 냄새를 잡아 낼 수 있어요."

그녀의 손에 있던 묵계주가 순간 우웅, 하는 소리를 내었다.

동시에 강비와 장천의 눈이 치켜뜨였다.

새카만 구슬이.

점점 허공으로 떠오르고 있었다.

스르륵.

떠오르는 구슬 주변으로 눈에 보이지 않는 안개가 살짝 퍼지고 안개는 기이한 그림을 그려 내기 시작한다.

그 그림은 천천히 정교해지고 세세한 변화를 보여주며, 마침내 이곳의 모습을 보였다.

장천이 침을 꿀꺽 삼켰다.

저 위에서 누군가가 내려다보듯, 구슬 주변으로 떠다니는 안개의 풍경은 강비와 장천, 벽란 세 사람의 모습을 그대로 투영하고 있었다.

'이것이 술법?'

영역 바깥의 일이었다.

도저히 이 세상에서 일어날 수 있을 법한 능력이 아니었다.

기(氣)의 조화라지만, 이런 식으로도 신비한 일을 아무렇지 않게 펼쳐 낼 수 있다는 것이 놀라울 뿐이다.

"세상에 못 찾을 사람이 없겠군."

"만능은 아니에요. 그 사람이 가진 고유의 기(氣)가 흔적을 남겨야만 제대로 활용할 수 있죠. 한 번 본 적도 없는 사람을 찾기는 불가능해요."

허공에서 안개의 그림을 그려 내던 묵계주가 툭 하고 떨어졌다. 벽란의 손을 향해서다.

그녀는 구슬을 품에 넣고 가볍게 한숨을 쉬었다. 힘든 기색이다. 묵계주라는 물건을 사용하는 데에 상당한 힘을 소모한 듯했다.

"그 예언이라는 것 말입니다."

장천이 천천히 입을 열었다.

"예언이라는 것이…… 그게 실제로 가능한 겁니까?"

어딘지 복잡한 말이었다.

묻고 싶은 것은 또 다른데 어떻게 표현할지 막막하다는 어조였다.

벽란이 싱긋 웃었다.

"제가 여기서 두 분을 찾은 것, 그것으로 부족한가요?"

무공으로 설명할 수 없는 조화였다.

그것으로 충분하다.

"놀랍군요. 술법, 법술, 환술, 말은 많이 들어 봤지만 이렇게 눈으로 직접 본 건 처음입니다."

"살아가는 세상이 다르니까요. 하지만 근본적으로 같다고 보면 되요. 무공이나 술법이나, 기를 다루지 못하면 상승의 영역으로 올라서지 못하니까요."

그녀의 말은 묘한 울림이 있었다.

편안함이다.

사람으로 하여금 어떤 말이든 이해가 되도록 만드는 재주였다.

천성이랄까.

장천이 밝은 성정으로 주위를 웃음으로 들끓게 만드는 것처럼, 그녀의 말은 시간이 지날수록 편안해져 갔다.

장천은 슬쩍 강비를 보다가 다시 입을 열었다.

"한데 말입니다. 우리가 일을 하고 있는 와중이라, 아무래도 동행은 무리일 것 같은데요."

"암천루의 의뢰인가요?"

"헉."

그녀는 이미 두 사람이 암천루 소속이라는 것도, 암천루가 어떤 일을 하고 있다는 것도 아는 것 같았다.

강비는 이해했다.

"삼혼주라는 놈이 말하던가."

"네. 초혼방에서도 조사에 들어갔다죠. 실상 초혼방은 무력보다 술법, 자금보다 정보에 능한 집단이에요. 찾고자 하면 시간의 문제일 뿐, 어떻게든 찾을 능력이 되는 것이죠."

이런 말도 안 되는 술법들을 보면 확실히 그럴 수 있겠구나 싶었다.

그리고 강비는, 진짜 중요한 질문 하나를 벽란에게 던졌다.

"초혼방 소속이겠지. 그럼에도 초혼방주의 목숨을 원한다니 이해하기 어렵다. 네 진짜 정체가 뭐냐."

한순간 정적이 일었다.

벽란은 가만히 고개를 숙이다가 재차 얼굴을 들었다.

드러나는 얼굴, 그 속에 깃든 것은 묘한 아픔과 알 수 없는 분노였다.

"그것을 말씀 드린다면, 동행을 허하시겠습니까?"

강비와 벽란의 눈이 부딪쳤다.

정확하게는 두 사람의 의지가 부딪쳤다고 보는 게 옳았다.

벽란은 여전히 맹인처럼 눈을 감고 있었지만, 멀쩡한 사람처럼 강비와 눈을 맞추고 있는 듯했다.

결국 강비의 고개가 끄덕였다.

"이쪽 일을 방해하지 않는다는 전제 하에."

"전 도움을 드리면 드렸지 방해는 하고 싶지 않습니다."

벽란의 입가에 살짝 미소가 드리워졌다.

아름다운 미소였다.

"저는 초혼방주, 초혼신의 두 제자 중 하나로 일찍이 십대혼주 중 십혼주(十魂主)의 직위를 받았던 사람입니다. 부적술(符籍術)과 동조술법(同調術法)에 능한 혼주(魂主)였으되 부모의 원수를 갚고자 절치부심(切齒腐心)했고, 마침내 원(怨)을 풀어 줄 군신(軍神)의 존재를 보아 몸을 싣기로 했습니다."

초혼방주의 제자.

세상에 알려지지 않았으나, 천재적인 술사의 재능으로 어린 나이에 혼주의 직위를 받은 여걸.

강비가 가볍게 한숨을 쉬었다.

"방해만 마라."

"말씀 드렸다시피, 전 도움을 드리려 하는 걸요."

그렇게 묘한 동행이 붙어 버렸다.

이것이 길(吉)이 될 만한 만남인지 흉(凶)이 될 만한 만남인지는 하늘만이 알고 있으리라.

*　　　　　*　　　　　*

나흘 뒤.

절강, 서호(西湖)의 풍경이 그대로 보이는 객잔에서 일행은 행장을 풀었다.

"와! 서호의 아름다움이 절강 제일이라더니, 과연 대단하네요!"

장천의 눈은 객잔 창가로 보이는 서호에서 떨어질 줄을 몰랐다.

중원 대륙에 있는 호수치고는 그다지 넓지 않지만, 주변 경관이 빼어나고 아름다워 절강의 자랑이라 할 만했다.

천하의 시인묵객(詩人墨客)들이 서호 앞에서 제각기 재능을 뽐냈다고들 하는데, 과연 그럴 이유가 있었구나 싶었다. 저 유명한 소동파 역시 서호에서 시를 읊기를 즐겼다고 하니, 천하에 이런 절경도 다시 없을 듯했다.

강비는 가만히 술 한 잔을 들었다.

"비선망과 접촉했나?"

"예, 도착했다고 알렸어요."

"이제부터 시작이다. 긴장해."

"긴장이야 하죠. 긴장은 형님이 해야 하는 거 아녜요? 대낮부터 술이라뇨."

질린 기색이 역력한 표정이었다.

강비는 가볍게 콧방귀를 뀌며 입에 술을 털어 넣었다.

절강의 자랑, 소흥주(紹興酒)의 맛이 일품이다. 부드럽게 들어서는 한 모금의 주향이 코끝을 맴돌다 스러지는데 실로 기가 막혔다.

"좋은 술이군."

"절강에 오면 서호를 보고, 소흥을 마시며, 항주(杭州)에서 놀라잖아요. 그래도 대낮부터 술 마시는 사람은 형님밖에 없을 거예요."

말은 그리하면서도 연신 침을 삼키는 것이 한잔이라도 하고 싶은 모양이다.

"한잔 할래?"

"됐어요. 주변 동태를 살펴야 하는데 술 마시면 못해요."

"술을 마시든 독을 마시든 언제나 정심을 유지할 줄 알아야지."

지나가듯 던지는 말이었다.

장천은 품에서 서신 하나를 꺼냈다.

"자, 일단 들어 보세요. 용곤문(龍棍門)의 개파식은 앞으로 엿새 뒤예요. 그전에 비무초친 접수 기간이 있는데, 그건 이틀 뒤죠. 아마 어중이떠중이들이 우글댈 테니 시간을 많이 잡아먹을 겁니다."

"시험이나 그런 건 없나?"

"아, 일정 이상의 고수만이 참가 가능하다고 하니 있겠지요. 그래 봤자 바위에 대고 투닥거리는 것 정도가 전부겠죠."

"따로 수상한 건 없고?"

"예, 이쪽 거리가 용곤문의 개파식으로 다소 들떠 있다는 거 빼면 크게 수상한 건 없네요. 각지에서 인상적인 고수들이 몰리고는 있는데 비선망 정보에 의하면 그것도 뭐 이상한 점이 아니고요. 용곤문 자체에 대해선 따로 눈길을 끌 만한 사항이 없어요."

딱히 이상한 점이 없다는 것.

'그게 문제란 말이지.'

누가 봐도 수상한 곳에, 딱히 이상한 점은 없어 보인다.

그것처럼 무서운 말이 또 없다. 정보의 통제를 제대로 하고 있다는 뜻이니까.

"용곤문 내부는 직접 부딪쳐서 알아볼 수밖에 없겠군."

"그렇지요. 그것과는 달리 외부에서의 움직임에 주시해야겠죠. 무시 못 할 세력에서도 고수를 파견했어요."

"눈에 띄는 세력이 있나?"

"하남 사자보(獅子堡), 강서 진악문(鎭惡門), 황산(黃山) 옆에 전검무문(電劍武門) 정도가 지금까지 본 가장 큰 세력이에요."

사자보, 진악문, 전검무문.

세 개의 방파들 모두 강호에서 명성이 드높은 무파들이었다.

특히나 전검무문은 오대세가 중 남궁세가(南宮世家)의 절학을 익힌 가신(家臣) 중 한 명이 백여 년 전에 세운 문파로, 빠르고 강맹한 검격(劍擊)이 특기인 곳이다.

남궁세가의 비호를 받는 무문이라는 것 하나만으로도 충분히 눈길을 끌 수 있으리라.

"그 외에 심상치 않은 곳에서도 움직임이 보이네요."

"어떤?"

장천의 얼굴이 진지해졌다.

"개방(丐幫). 개방이 움직였어요."

개방.

달리 천하제일방(天下第一幫)이라 불리는 곳으로 정보력으로는 강호 제일을 달리는 거지들의 문파였다.

천하 각지로 뻗은 무수한 거지들을 문도로 들여 엄청난 정보력을 구축, 구대문파의 성세에 못지않은 힘을 가진 거대 방파.

달리 구파일방(九派一幫)이라 하여 열 개의 문파를 천하의 기둥으로 보는 게 아니다.

"개방이라……."

"이전처럼 뒤에서 보는 게 아니에요. 대놓고 움직

이러고 하네요. 그것도 거물이 끼었어요."

"누군데?"

"개방 장로 중 한 명. 선풍개(旋風丐)가 움직였어요."

선풍개라 하면 장로들 중에서도 무력은 다소 밀릴지언정 사태를 바라보는 안목과 분석력이 대단하다고 알려진 자다. 개방 방주의 신임도 두터워 개방 내 삼대 정보 조직 중 하나인 광견단(狂犬團)까지 휘하에 두고 있다.

"귀찮게 됐군."

무공은 둘째 치고 원체 눈치가 빠른 인간들이 개방의 문도들이다.

작정하고 이쪽을 파면 걷잡을 수 없는 곳까지 들여보게 될 것이다.

"뭐 단체가 단체다 보니 비무초친에 끼어들진 않겠죠. 아마 사태를 관망하기 위해 강수를 둔 것 같은데요."

"그랬겠지."

용곤문이 확실히 수상하긴 수상한 것 같았다.

선풍개 정도의 거물이 움직일 정도라면 분명 뭔가

가 있다.

"일단은 좀 쉬는 게 좋겠어요. 오늘까지가 아마 편하게 쉴 수 있는 마지막 날일 겁니다. 내일부터는 발바닥에 땀나도록 뛰어다녀야겠어요."

"한잔 하든지."

"됐어요, 전 올라가서 쉴래요. 더 드실 거예요?"

"그래."

"그럼 이따 봬요."

홀로 남은 강비는 창밖의 서호를 감상하며 연신 술잔을 들었다.

탁자 위로 술병이 쌓여만 갔다.

그간 마셔 왔던 술에 비하자면 독한 편은 아니지만, 이 정도까지 마신다면 누구라도 취할 수밖에 없다.

그러나 강비의 눈동자는 여전히 나른한 가운데 냉정한 빛을 발하고 있었다.

'분위기가 달라.'

절강에 들어서고, 용곤문과 지척인 서호의 객잔에 들어선 순간부터 느껴진 바였다.

분위기.

장천은 개파식으로 인한 축제의 분위기라 했지만, 그것과는 전혀 성질이 달랐다.

전장 한복판에 던져진 것 같은 기분.

당장 뭔가가 벌어져도 이상하지 않을 것 같은 살벌한 분위기가 느껴졌다. 겉으로는 화려하지만 그 속은 들끓는 불안감으로 자욱하다.

이전 의뢰 때와도 달랐다.

그땐 말 그대로 전장 그 자체였다.

뜨겁게 달아오른 공기 속에서 도주와 싸움을 반복한다. 힘이 들었을지언정 한판 후회 없이 뛰어다녔던 호탕함은 살아 있었다.

지금은 다르다.

불쾌함에 가까운 기분이 등허리를 타고 흘렀다.

음모와 귀계의 냄새.

돌파하려면 못 할 것도 없지만, 성정에는 맞지 않는 판이었다.

"저도 한잔 마실까요?"

서슴없이 맞은편에 앉은 벽란이 술잔을 들었다.

씻고 몸단장까지 했는지 이전과는 또 다른 자태였다. 눈을 감고 있지만 아름다움은 여전했다.

강비는 말없이 그녀의 잔에 술을 따랐다.

"절강 소흥주라……. 한 번은 꼭 마시고 싶었거든
요."

벽란의 눈매가 살짝 찌푸려졌다.

"안주가 없네요."

"시켜."

탁자 위로 뜨끈하게 삶아진 돼지고기가 나왔다.

냄새가 좋다. 그러나 정작 안주를 시킨 벽란도 잘
먹지는 않았다.

"서호의 풍경을 구경하고 계셨나요?"

"그래."

"서호는 사시사철 아름다움이 다르다고 들었어요.
겨울의 서호라, 확실히 운치가 있네요. 자리도 잘 잡
았고요."

"……."

"원래 그렇게 말이 없으신가 봐요?"

"말 많아."

"그럼 제가 불편하신가요?"

"일로 엮이지 않은 이상, 친하지도 않은 사람과 말
을 잘 섞는 성격은 아냐."

단정적인 어조였다.

그래서일까.

그 뒤로 술을 마시는 두 남녀 사이에는 침묵만이 맴돌았다. 그러나 딱히 어색함은 없었다. 꽤나 묘한 일이었다.

한참의 시간이 지난 후 벽란이 다시 말을 걸었다.

"비무초친에 참가하려 하시나요?"

"그래."

"용곤문. 확실히 수상하죠."

강비의 눈이 서호에서 처음으로 벽란에게 돌아갔다.

"알고 있었군."

"네, 알고 있었어요."

많은 걸 알려 주는 말이었다.

강비의 머리가 순간적으로 회전한다.

'초혼방주의 제자, 초혼방 소속, 십대혼주라는 수뇌 중 십혼주의 자리. 부모의 원수인 초혼방주를 죽이기 위해 절치부심. 나와 장천을 만났고 보좌를 하겠다고 했다. 이쪽 의뢰에 대해 별말은 하지 않았어. 한데 용곤문이 수상하다는 걸 알고 있어. 감으로 알아챈 건가? 하지만 용곤문에 대한 전반 지식도 없는

상황에서 아무리 감이라도…….'

결과가 도출되는 것도 순간이었다.

강비의 눈에 강렬한 신광(神光)이 발해졌다.

"용곤문 뒤에 초혼방이 있나?"

이번에는 벽란이 말을 하지 않았다.

그저 술잔을 들고 조용히 한 잔 마실 뿐이다.

눈을 감고 있음에도 어찌 그리 자연스러운 행동이
가능하지 궁금할 따름이다.

시간이 제법 지나서 벽란의 입이 열렸다.

"초혼방인지는 모르겠어요. 아마 중원에서 부르는
사대마종, 그중 하나가 얽히기야 했겠죠."

"확실하지 않다는 건가."

"네, 아마 초혼방의 술사들도 몇 왔을 거예요."

다소 복잡해 보이는 얼굴이다.

비록 초혼방에서 나왔지만 그녀 역시 평생을 그곳
에서 자랐다.

말인 즉 일문(一門)의 사람들이라는 거다.

자칫 잘못하면 강비나 장천이나 용곤문과 부딪쳐야
할 수도 있는 바, 벽란이라고 심정이 편하지는 않을
것이다.

술잔에 새로 딴 소홍주를 따르는 강비가 지나가듯 얘기했다.

"불편하면 떠나라."

"네?"

"용곤문에 대한 정보를 알아내는 게 우리 의뢰다. 하지만 안전하지도 않고 자칫하면 무력 충돌이 발생할 수도 있다. 피해가 없으면 좋겠지만, 아마 그러기도 힘들 거다."

벽란이 다소 놀란 눈으로 강비를 바라보다가 살짝 웃었다.

그녀의 웃음은 언제나 아름다웠고 묘하게 서글펐다.

"걱정하지 마세요. 발목 잡을 것이었다면 당신을 찾지도 않았을 겁니다."

의지가 살아난 한마디였다.

각자의 운명이 어디에서 시작하고 어디에서 끝날지 모르는 것.

선택을 했고, 그에 충실해 결과를 도출해 내는 것이 모든 인간들이 부여받은 진정한 운명일지도 몰랐다.

벽란은 선택을 했고, 거기에 후회하지 않는다.

강비는 그런 그녀를 보며 술잔을 한 번 더 비웠다.

    *   *   *

"저기가 용곤문인가."

묘한 곳이다.

이미 완벽하게 세워진 전각이 눈에 띈다.

정문, 당당하게 지키고 있는 네 명의 수문위(守門衛)들의 기도가 정명하다.

허리춤에는 한 자루씩 철곤(鐵棍)을 매고 있는데, 대단한 고수들은 아니어도 좋은 무공을 끊임없이 연마한 흔적이 보였다.

죽립을 눌러쓴 검사는 가볍게 고개를 저었다.

'놀랍구나.'

수문위. 좋은 말로 수문위사지 결국 문지기란 소리다.

한데도 저토록 뛰어난 기도를 보이고 있다.

결코 일조일석(一朝一夕)으로 배운 무공이 아니었다.

고수라 하기 어렵지만 용곤문이라는 문파의 힘을 보여 줄 만한 수준은 되었다.

그러나 검사는 그 이상을 보았다.

커다란 대문 너머로 느껴지는 기세다.

뭉클 솟아나는 존재감들이 굉장하다.

석양이 지고 밤이 되었음에도 활발하게 일어나는 기도들이 있었다. 미약하게 스스로를 드러내고 있지 않지만 막강한 고수들이 포진하고 있다는 느낌이 강하게 든다.

'생각보다 훨씬 강하다.'

절로 경각심이 들었다.

왜 스승님께서 이곳으로 보내셨는지 알 것도 같았다. 여기서 무엇을 배울지 알 수 없지만 분명 뭔가가 있으리라.

'한 번 보는 것도 나쁘지 않겠지.'

비무초친.

나서진 않겠지만 이미 절강 내에 상당수의 고수들이 밀려들었다. 그들의 힘을 보고 그들의 겨룸을 본다면 그 또한 공부일 것이다.

가볍게 용곤문을 훑은 검사가 몸을 돌렸다.

그의 허리춤, 달랑이는 장검의 검병(劍柄)에는 아름다운 매화꽃이 만발해 있었다.

＊　　　　＊　　　　＊

　달빛을 받으며 가볍게 운공을 끝낸 강비는 몸을 이리저리 돌렸다.
　완전하게 풀어진 몸.
　그는 깨달았다.
　'달라졌다.'
　한 발자국 더 나아간 무력이었다.
　말은 한 발자국이라지만, 이전보다 훨씬 깊어진 공력이다.
　뻗어 내는 팔에는 힘이 더욱 강건해질 것이고 일보(一步)를 내딛어도 갑절은 더 빠르게 나아갈 수 있을 것 같았다.
　스스로도 놀랄 만큼의 성장이었다.
　그 이유가 무엇인가.
　강비는 혼원일정공을 생각했다.
　'깨달음인가.'

여섯 개의 심법을 섞어 내고 서문종신의 심득과 진관호의 무리를 보고 들었다.

한 달이라는 시간이었지만 종사(宗師)라 할 만한 두 사람과 무공에 대해 열띤 토론을 벌인 것과 다름이 없다.

혼원일정공의 기틀을 마련하며 호천패왕기의 구결과 법문의 이해도 역시 한층 성장한 게 분명했다.

이것이 기연이 아니고 무엇일까.

창을 휘두르지 않아도, 주먹을 휘두르지 않아도, 진기의 농도는 짙어지고 공력은 깊어졌다.

하단전에 머문 진기는 더욱 묵직했고 중단전은 부동의 정심을 세웠으며 상단전의 신기(神氣)는 깔끔하기만 하다.

상중하, 세 개의 단전에 흔들림이라고는 없다. 이전보다 확실히 성장한 기세였다.

하지만 강비는 만족하지 않았다.

'이 정도로는 부족해.'

분명 나아가고 있지만 여기서 멈출 수는 없다.

지금의 경지는 도달하려는 곳의 길목일 뿐, 목적지가 되진 못했다.

더욱 높은 곳으로.

하나의 산을 정복했다면, 또 다른 산을 정복하기 위해 길을 나서는 고독한 무도(武道)였다.

그는 가볍게 손에 쥔 장봉을 들어 이리저리 휘둘러 보았다.

목봉(木棒)이 아니라 철봉(鐵棒).

무공을 모르는 범부가 휘둘러도 사람을 죽이기에 부족하지 않을 병장기다. 창날은 없지만 지닌바 무공을 거침없이 풀어 낼 수 있을 것 같았다.

스윽, 스윽.

천천히 바닥을 스치며 나아가는 발.

부드러운 발놀림이었다. 깃털이 움직이는 것 같다. 그럼에도 상체의 흔들림이라고는 눈을 씻고 찾아봐도 없다.

타앙!

부드럽던 그의 발걸음이 일순간 탄력적으로 변했다.

완전하게 내력을 개방하지 않아 제대로 된 진각(震脚)을 내딛지는 못했지만, 덮쳐드는 기세 하나만큼은 대단했다. 공기가 절로 밀려 사방으로 흩어지는 것 같았다.

전투적인 움직임이었다. 부드러움과 강함이 공존한다.

광룡창식, 야왕신권.

두 무공은 절세의 무공이라 불리기에 부족함이 없지만, 그의 보법 또한 가히 신기(神技)에 이르러 있었다.

종횡으로 움직이는 모습에는 내력을 개방하지 않음에도 잔영이 생기는 것 같았다.

광룡창식이나 야왕신권의 경우, 본래의 무공 오 할에 군부의 무공 오 할이 섞여 전혀 새로운 무공으로 재창조가 된 독특한 무공이라 할 수 있었다.

그러나 그의 보법은 달랐다.

황궁 최고의 보신법(步身法)에 화산의 보법을 삼 할만 섞었다. 특히나 전투적인 몸놀림을 보이는 것은 그런 이유에서였다.

투신보(鬪神步).

단순한 보법이라 하기에는 움직임 자체에 깃든 기세가 굉장하다. 발걸음을 내딛는 것만으로도 위협이고 공격이었다. 강비가 지닌 무공들을 완벽하게 살려

주는 보신경이다.

어쩌면 혼원일정공을 잘 섞어 낼 수 있었던 것도 새로이 창조해 낸 무공들을 육신에 새긴 채 참오한 결과일 수도 있다.

다른 이들과는 보다 확장된 시야로 무도를 보는 것이다.

'좋아, 나쁘지 않다.'

한참이나 움직였던 강비는 발끝으로 땅을 툭툭 쳤다.

호천패왕기가 무섭도록 깊어지면서 다른 무공들이 지나치게 거세지진 않을까 생각했다.

그리고 그의 생각은 맞았다.

이전 보다 한층 거세진 무공들은 분명 위력적이었다.

그러나 통제할 수 없는 무공은 진정한 무공이 아니다.

십(十)의 힘을 가졌다 한들 제대로 격중 시키지 못한다면 그것은 결국 스스로의 파탄만 드러내게 된다. 삼(三)의 힘만 가졌다 한들 정확하게 제어할 수 있다면 차라리 그것이 바람직하다.

절강까지 이동하면서 무공을 참오하는 것 못지않게 힘의 제어에도 신경을 썼다.

다행히 완전 제어에 성공한 건 아니지만 나쁘지도 않은 수준이었다. 이런 속도라면 하루이틀 내에 성공할 수 있을 듯싶었다.

한참이나 스스로의 무공에 깊이 빠져들던 강비.

일순 기이한 감각을 느껴 고개를 홱 돌렸다.

'검기(劍氣)?'

객잔 너머, 서호 가까운 곳에서.

은은하게 드러나는 검기가 있었다.

강비의 눈에 기광이 떠올랐다.

'놀랍군.'

기도를 숨기고 있는 것 같은데 그럼에도 미약하게 흘러나오는 검기가 인상적이다.

세상을 통째로 베어 버릴 것만 같은 예기다. 이전 풍검대주 상호와는 아예 격이 다른 검기가 공기 중으로 자욱하게 퍼졌다.

그리고 익숙한 검기이기도 했다.

겨울철 피어난 한 송이의 매화.

매화의 꽃잎 안에 숨은 광포하고 거친 힘.

'일부러 드러냈나.'

그랬을 것이다.

그의 몸이 바닥을 박차고 나아갔다.

담을 넘고 나아가는 속도가 실로 놀랍다. 단순한 보법이 아니라 경신법으로도 쓸 수 있는 투신보. 가볍게 몸을 날리고 나니 검기를 뿜은 검사의 면전에 다다른 것도 순간이었다.

죽립을 쓴 채 허리춤에는 한 자루 장검을 찬 이.

어두운 밤에도 확연하게 보이는 매화검이다.

"익숙한 기파를 느껴 검기를 흘렸는데, 역시 당신이었군요."

천천히 죽립을 벗는 이.

짐작은 했지만, 이런 곳에서 만날 줄은 진정 몰랐다.

강비의 얼굴에도 놀라움이 서린다.

매화검수 옥인이 거기에 있었다.

*　　　　*　　　　*

잠에서 깬 점소이의 불평 어린 한마디를 무마시킨

둘은 창가에 앉아 술을 시켰다.

"얼굴은 어떻게?"

강비는 슬쩍 볼을 쓰다듬었다.

"인피면구야."

"아, 말은 들었습니다. 정말 정교하군요."

"그래도 맨얼굴이 낫지."

옥인은 왜 인피면구를 썼느냐 묻지 않았다. 그저 가볍게 웃으며 술잔을 들 뿐이었다.

"언제고 만나 반드시 은혜에 보답하고 싶었는데 여기서 뵙게 되는군요."

"끈질기군."

"하하, 제가 좀 그렇지요."

웃는 얼굴에서 여유가 묻어 나왔다.

강비는 확신했다.

옥인은 강해졌다.

자신이 강해진 것처럼 그 또한 이전의 옥인이 아니었다. 드러난 검기만으로도 경지가 달라 보인다. 그 짧은 시간, 각고의 노력을 한 것인지 한층 깊은 기도가 인상적이다.

"연무(鍊武)에 신경을 쓴 것 같군."

"그래 봤자 은공만 하겠습니까."

은공이라는 단어.

강비의 눈살이 찌푸려졌다.

"은공이라 부르지 마. 영 거슬리는군."

"그럼 뭐라고……?"

"내 이름은 강비다."

"아, 예. 알고 있습니다. 정 불편하시다면 강 공자라 하겠습니다."

강 공자.

은공 보다 딱히 나아 보일 것 없다. 공자라니, 듣기만 해도 소름이 끼칠 정도였다.

하지만 은공은 정말 아니다.

"나이가 얼마야?"

"저는 해가 지나 스물여섯이 됩니다."

"동생이었구만."

친근한 호칭이었다.

벽란과는 다르게 옥인 역시 만난 적이 얼마 되지 않았음에도 훨씬 더 가까운 느낌이었다.

옥인은 조금 놀랐지만 이내 살짝 웃었다.

"그 먼 섬서에서 절강까진 어쩐 일이야?"

섬서에서 절강까진 엄청나게 멀다.

강북에서 강남까지이니 장강(長江)을 가로질러야 하는 것이다. 거기에 노독(路毒)을 풀고 먹을 것까지 챙기면 시간이 더 걸린다.

"사부님께 수련행을 명받았습니다. 세상을 떠돌면서 더 배워 오라는 것이지요. 그 와중에 절강 용곤문이 개파식을 하니 거기서 배워 둘 것이 많다고 했습니다. 시간이 제법 촉박하여 빨리 왔습니다."

수련행.

산 아래로 내려가 세상을 겪고 성장하라는 것이다.

지닌바 무위가 절정의 기량을 보이지 못한다면 그런 수련도 쉽사리 받을 수 없다.

'사부님.'

강비의 눈에 아련한 빛이 흘렀다.

옥인은 사부님이라 했었다.

추운 밤이지만 술을 한잔 걸쳐서 그런지 묘하게 감성적이 되었다.

늙수레한 손으로 자세를 보아 주고 엄격하게 채찍질을 해 주던 스승의 존재가 생각이 난다. 죽는 그 순간까지 못난 제자의 안위를 챙겼던 사부다.

다시 볼 수 없는 분.

죽어서 저승을 가면 그때는 한 번 뵐 수 있을까 모르겠다.

가볍게 술을 마시던 강비가 천천히 일어났다.

"술도 한잔 걸쳤으니 밖으로 나오지."

"예?"

"한판 해야지. 온몸에 투기(鬪氣)를 있는 대로 발산하면서 그대로 돌아갈 수 있겠나?"

옥인은 멋쩍은 듯 머리를 긁적였다.

눈앞에 있는 강비는 그에게 있어 은인임과 동시에 호승심을 불러일으키는 무인이기도 했다. 처음 보았던 그때부터, 한판 시원스레 대무(對武)를 하면 어떨까 생각하곤 했었다.

하지만 은인에게 이런 마음을 들키니 부끄럽기 짝이 없다.

"면목이 없습니다."

"웃기지 마라. 무인에게 호승심은 죄가 아냐. 저 서호 근처에 괜찮은 공터가 있더군. 사람도 없을 테니 거기서 하지."

주섬주섬 허리춤에 술병 두어 개를 챙긴 채 먼저

나서 버린 강비였다. 탁자 위에는 술값으로 은자 한
냥이 덩그러니 놓여 있었다.

그렇게 한참이나 달려 아무도 없는 근처까지 도달
한 두 사람이었다.

한옆에 술병들을 놓고 손에 쥔 창봉을 붕붕 돌리는
강비다.

"시작할까?"

더 이상의 말은 필요가 없었다.

옥인은 가볍게 숨을 몰아쉬며 대답했다.

"예, 그럼……."

스르릉.

소름 끼치는 소리와 함께 검이 뽑혀 나왔다.

새로이 받은 매화검이었다.

평범한 청강검과는 다르다. 은은하게 흐르는 예기
가 보통 검은 아닌 것 같았다.

검을 뽑음과 동시에 유려하던 옥인의 눈빛도 달라
졌다.

화아악!

공터 주변에 쌓인 눈 곳곳이 파바박 튀었다.

기파를 개방하고 검기를 드러낸 것만으로도 주변

경물이 일그러져 보였다.

놀라운 검기, 강인한 기파였다. 화산의 무공이되 또 다른 무공이다. 솟구치는 힘이 충천하고 있었다.

창봉으로 옥인을 겨눈 강비의 몸에서도 충만한 기 파가 흘렀다.

호천패왕기가 흐르며 전신에 불그스름한 아지랑이 가 퍼지는 것 같았다.

아름답기보다는 위험한 적광(赤光)이었다. 불길처 럼 넘실거리는 것이 세상을 휩쓸 것만 같았다.

두 사람 모두 본신의 기파를 완전하게 내보이고 있 었다.

부딪치는 기로 인해 바닥에는 돌풍이 인다.

"제가 아직 불민하여 배우고 익힌 무공을 완전하게 풀어내진 못 합니다. 혹 과할 수 있으니 강 공자께선 조심하시길 바랍니다."

"좋아."

옥인의 어조가 이전과는 달리 공격적이었다면, 강 비의 어조는 부드럽고 넉넉했다. 언제든지 올 테면 오라는 식이다.

옥인의 입가에 가벼운 미소가 어렸다.

"일검(一劍), 갑니다."

파아악!

장중한 기도를 뿜어낼 때는 언제고 들이닥칠 때는 화살처럼 날카롭고 빠르다.

화산 신법의 전설, 절정에 이른 암향표(暗香飄)가 바람을 타고 극한의 전개를 실시했다.

번쩍이는 순간 이미 코앞.

옥인의 매화검이 아래에서 위, 사선으로 솟구쳤다.

쩌어어엉!

창봉으로 막았는데 허리가 뒤로 꺾일 것 같다. 엄청나게 위력적인 강검(强劍)이었다.

패왕의 진기가 몇 푼만 덜 들어갔다면 이번 한 수로 갈라졌을 것이다.

'강하다.'

짐작은 했지만 직접 검을 받아 내니 또 다르다.

강해도 보통 강한 것이 아니었다.

엄청나게 강했다. 첫 일격의 힘이 이 정도, 심지어 발검의 폭발력을 받은 것도 아닌데 몸이 다 들썩일 것 같다. 검이 아니라 무슨 바위가 와서 부딪친 것 같은 육중함이었다.

사선으로 올라간 매화검에 찰나지간 변화가 생긴다.

동시에 회전, 섬격(閃擊)이다.

일검을 전개 후 이검(二劍)으로 전환하는 속도가 엄청났다. 거의 무(無)에 가깝다. 심지어 동작에는 틈 하나가 없었다. 연환검(連環劍)의 기예가 대단했다.

쩌어엉! 쩌어엉!

베고 찌르는 지극히 단순한 움직임에 신묘한 진결이 감돌았다.

검의 효용성을 극대화하는 진기였다.

빠르고 강하다.

그것만으로도 표현이 끝인 검결이었다.

파바박! 타앙!

보법 또한 신기(神技)다.

부드럽게 휘돌아 가는 보법에는 빈틈을 완전하게 소멸시키는 구결이 가득했고, 공세는 나아가는 검처럼 날카롭기 짝이 없다.

화려함과 정교한 교검(巧劍)의 화산 무공과는 궤를 달리한다.

모조리 베고 부숴 버리는 검결이었다.

'여기까지가 한계로군.'

실력이 된다면 검격을 더 받아 주고 싶은데 이 이상은 무리였다.

옥인의 검은 한 번 기세를 타면 한도 끝도 없이 강해지는 특성이 있는 듯했다. 시간이 지날수록 더욱 강해진 면모를 유감없이 발휘하고 있었다.

'여기서 끊는다.'

검결에는 맥점이 없지만, 옥인에게 맥점이 있었다.

창봉으로 매화검의 참격을 넘기고는 바닥을 향해 주먹을 뻗었다. 막강한 권력이 대지를 뒤흔들었다.

퍼어엉!

강력한 일격이었다.

놀란 옥인이 저도 모르게 뒤로 물러섰다.

넘실거리며 커지던 불꽃이 주춤한 모양새다.

'이번엔 이쪽이다.'

타아앙!

박차 나가는 강비.

언제나 그렇듯 탄력적인 몸놀림이다.

한 번 박찼는데 박찬 땅에 구덩이가 파인다. 포탄

에 직격을 당한 것만 같았다.

그와 같은 거력을 받았다. 강비의 신형은 오히려 옥인보다 빠르게 파고드는 힘이 있었다.

커지는 옥인의 눈, 강비의 창봉이 거침없이 휘둘러 졌다.

까아앙!

창날이 아닌 창봉으로 후려친다.

예리함은 사라졌을지언정 파괴력은 형언불가.

옥인의 몸이 다섯 걸음이나 뒤로 물러났다.

'따라붙는다.'

이번에는 옥인과 마찬가지로 섬격이었다.

봉첨이 얼굴을 노리고 쏘아졌다.

창날이 없다고 안심하기엔 풍기는 기세가 지나치게 강렬하다. 얼굴에 직격 당하면 머리통이 날아갈 것이 다.

옥인의 몸이 반사적으로 돌았다.

타앙!

허리를 숙이고 몸을 돌렸다.

그 와중에 거꾸로 팔을 들어 창봉에 장력을 발출했 다. 나아가던 창봉이 제멋대로 위로 튕겨 나갔다. 임기응변이라고 하기에는 너무도 자연스러운 한 수였다.

보법과 장법의 일체화.

엄청난 검결만큼이나 장법의 파괴력도 대단해서 창봉을 쥔 강비의 손이 뒤로 확 꺾여진다.

틈을 잡았다고 생각했을까.

부담 없이 재차 파고든다.

강비의 창봉은 옥인의 검보다 장병(長兵)이다.

거리가 다르다는 뜻이다. 그에게는 거리를 벌리는 것보다 근접전이 유리하다.

하지만 옥인의 근접전은 실수였다.

강비의 눈에 강렬한 적광이 어렸다.

콰아앙!

"큭!"

신음성이 절로 나왔다.

옥인은 비칠거리며 뒤로 물러섰다.

팔을 교차시켜 막았지만 막은 팔뚝의 의복이 죄다 터져 나갔다. 강비의 좌측 손, 권(拳)으로 변환되어 일격을 친 것이다.

옥인의 눈이 흔들렸다.

'엄청난 권력!'

몸이 한순간 허공을 날았을 정도다.

자세조차 제대로 잡지 않은 상황에서 주먹을 뻗었는데 사람 한 명을 공중으로 날려 버릴 만큼 엄청난 힘이었다. 제대로 직격을 당했으면 의복만 터진 게 아니라 팔뚝이 터지고 내장까지 파열될 뻔했다.

그러나 옥인의 눈은 재차 불타오르고 있었다.

그의 입가에는 자신도 인지하지 못하는 미소가 한 가득이었다.

강자와의 대무.

자신의 모든 기량을 쏟아부어도 될 만한 사람이 여기에 있는 것이다. 무도를 걷는 무인으로서 어찌 기쁘지 않을까.

파아앙! 따아아앙!

휘둘러지는 장봉은 막는 것만으로도 벅차다. 천 근의 경력이 무자비하게 몸을 흔들고 있다.

그럼에도 흥겹다. 즐겁기 짝이 없는 비무였다.

서로의 무공을 한없이 전개하고 부딪친다.

어느 한 명이 우위를 제대로 점하지 못하고 있었다. 신들린 무공이 모습을 드러내고 서로를 향해 아낌없는 전력을 쏟아붓는다.

반 시진이나 지났을까.

몇 합을 주고받았는지 셀 수조차 없었다.

두 사람의 몸은 땀으로 흥건했고, 땅에 쌓인 눈은 이미 흩어지고 녹아 바닥을 드러냈다. 튕겨 나간 경력의 여파 때문에 물살이 터지고 대지가 흔들렸다.

격해진 호흡을 빠르게 안정시킨 옥인이 입을 열었다.

"역시나 강하군요. 도무지 틈을 찾을 수가 없습니다. 시종일관 밀리고 있어요."

"그래 봤자 종이 한 장 차이지."

옥인의 웃음이 짙어졌다.

"어지간히 두꺼운 종이 한 장인가 봅니다."

그는 알고 있었다.

강비가 본신의 힘을 제대로 펼치지 않고 있음을.

그건 옥인도 마찬가지였다.

있는 대로 힘은 쓰고 있지만, 정작 죽일 마음은 없으니 손속에 사정을 둘 수밖에 없다. 둘 모두 살초라 할 만한 것들을 전개하는 순간 누구 한 명은 분명히 죽는다는 걸 알고 있는 것이다.

그리고 그것이 십중팔구 옥인이 되리라는 것도 둘은 알고 있다.

하지만 생사의 대무가 아니라 하나, 이처럼 비슷한 경지의 고수들의 대무는 그 자체만으로도 큰 배움이다.

달빛 아래, 서호의 물결을 바라보며 두 천재가 깨달음을 보고 배우니 이보다 더 충만한 시간이 또 없다.

"밤이 깊었습니다. 이번 한 합을 마지막으로 끝내지요."

"좋아."

"붕익천강검(鵬翼天罡劍) 포천익(包天翼)입니다."

"광룡화란(狂龍禍亂)이다."

번쩍이는 빛을 발한 두 사람의 눈이 급속도로 가까워진다.

휘둘러지는 검과 창, 두 자루의 병장기가 세상을 지울듯 붉고, 푸른 광채를 사방으로 퍼트리고 있었다.

홀로 걷기만 했던 무도의 길.

비로소 더불어 걸을 만한 친우(親友)들끼리 서로의 역량을 평가할 수 있었던 장이었다.

　　　　*　　　　*　　　　*

　용곤문의 안은 수많은 무인들로 인산인해(人山人海)를 이루고 있었다.

　이렇게 많은 무인들을 다 수용할 수 있을까 싶을 정도로 들이닥친 무인의 숫자는 상상을 초월했다.

　비무에 승리하여 미모의 부인을 얻으려는 자, 큰 상금을 얻으려는 자, 혹은 명성을 얻으려는 자 등 각자의 목적을 위해 모인 이들이다.

　놀랍게도 용곤문은 이처럼 많은 무인들을 수용하기에 부족함이 없었다.

　신흥 문파였지만 문내 너비가 굉장했다. 어지간한 대문파에 필적할 만한 너비였다. 건물의 배치도 견고했고, 하나하나 고풍스럽기가 말도 못할 지경이다.

　"비무에 참가하려는 분들은 이쪽으로 오시오."

　참관자들을 거르는 이들.

　각 요소요소에는 용곤문의 무인들이 배치가 되어 혹시나 모를 불상사에 대비했고, 한쪽에는 편히 쉴 수 있도록 편안한 쉼터도 제공했다.

천천히 주변을 둘러보던 강비는 가볍게 감탄했다.

'대단한데.'

의뢰를 통해 문파의 내부를 상당히 많이 견학했던 강비였다. 그런 그도 용곤문처럼 인상적인 문파는 본 적이 없었다.

신흥 문파라고는 도저히 생각할 수 없을 만큼, 이곳은 압도적인 데가 있었다.

"이름이 무엇이오?"

"강청진(姜淸震)이오."

강비는 강청진이라는 이름을 가명으로 썼다.

"병장기는?"

"봉(棒)이오."

"별호는?"

"무명이오."

"알겠소. 저기 앞으로 가시구려."

서기관이 가리킨 곳에는 하나의 비무대가 있었다.

그 주변으로 수많은 무인들이 왁자지껄 소리를 지르고 있다.

"이겨! 이기란 말이야!"

"야, 인마! 거기서 넘어지면 어떻게 해!"

"이번에도 무산이구먼, 제기랄!"

뭔가 도박판과 비슷한 분위기다.

강비는 고개를 갸웃거리며 그쪽으로 다가갔다.

비무대 위에선 두 사람이 겨루고 있었다.

한 명은 허리춤에 철곤 한 자루를 찬 무인, 그리고 다른 한 사람은 검을 손에 쥔 무인이었다.

강비가 피식 웃었다.

'시험을 봐라 이거지?'

비무초친에 오를 수 있는 자격이 있는지 없는지에 대한 시험이다.

저 철곤을 허리에 매단 무인이 판단을 하기로 괜찮다면, 비무초친에 참여할 수 있고, 그렇지 않다면 냉정하게 탈락이다.

꽤나 간단한 방법이다.

하지만 동시에 확실한 방법이기도 하다.

퍼엉!

시작하기가 무섭게 주먹질 한 번 막지 못하고 떨어져 나간 무인이었다. 손에 쥔 검도 떨어트린 것이, 그야말로 박살이 난 모양새다.

"다음."

오만하게 손짓하는 철곤 무인.

강비의 눈이 반짝였다.

'제법인데?'

삼십대 철곤을 단 장한은 강했다.

강비에 비해 손색이 있다고는 해도, 이전 의뢰에서 만났던 상호 정도의 무력은 되는 것 같았다.

오히려 육체의 강건함은 상호조차 넘어선 것 같았다.

웅성웅성.

주변을 가득 메웠던 무인들은 서로 눈치만 볼 뿐 제대로 올라서지 못했다.

그도 그럴 것이, 나가떨어진 무인들 면면을 보면 피를 토하고 얼굴이 해쓱한 모양새다.

죽지는 않겠지만, 심각한 내상을 입은 것 같다.

저러다가 제대로 치료를 받지 못하면 골병들기 십상이다. 겁을 집어먹을 수밖에 없다.

강비는 가볍게 한숨을 내쉬었다.

'머저리들뿐이군.'

옥석을 가리자는 비무였지만, 돌멩이들이 너무 많다.

'빨리 끝내고 가야겠다.'

강비는 재빨리 비무대 위로 올라섰다.

밑에서는 다시 수많은 무인들이 소리를 질러 댔다. 용감하다는 둥, 이기라는 둥 별 시답지 않은 소리가 난무하고 있었다.

물론 강비는 신경조차 쓰지 않았다.

"이름은?"

"강청진."

"내 손에서 십 합을 버틸 수 있으면 통과다. 하지만 통과하지 못한다면 저 꼴이 되겠지."

손가락으로 가리킨 곳에는 벌렁 자빠져서 아직도 일어서지 못한 무인이 있었다. 버둥거리는 것이 어서 의원에게 보여야 할 것 같았다.

머저리라고 생각은 하지만, 주변 누구도 신경 쓰지 않는 모습을 보니 기분이 좋지 못하다.

"의원에게 보내야 하는 거 아닌가?"

강비의 말에 장한이 코웃음을 쳤다.

"그것도 제 놈 역량이다. 분수도 모르고 올랐으니 각오는 했어야지."

실로 오만하다.

자신의 실력에 대한 절대적인 자신감이 엿보였다.
우스울 수밖에 없는 일이다.

"시작하기 전에 궁금한 게 하나 있는데."

"뭐냐."

"널 죽여도 통과냐?"

비무대 전체를 정적으로 몰아가는 한마디였다.

장한은 어처구니없다는 눈으로 강비를 보다가 피식 웃었다.

웃음 속에 숨길 수 없는 분노가 가득하다.

"가능할 거라고 보나?"

"통과인지 아닌지 그것만 말해."

도발이었다.

장한의 얼굴에 미약한 살기가 흘렀다.

모욕을 받았다고 생각했는지 전신에서 은근한 기파가 흘러나왔다.

"날 죽여도 통과냐고 했느냐? 오냐, 통과는 시켜 주마. 하지만 그 한마디로 네놈 생사도 결정이 되었다. 죽고 싶지 않으면 이만 내려가라. 시작하면 나 역시 네놈을 죽일 각오로 손쓰겠다."

"됐어, 그럼. 덤벼."

장봉으로 까딱이는 강비다.

도발도 이런 도발이 없다.

울화를 폭발하게 만드는 어조였다.

장한의 얼굴은 혈기로 가득해 시뻘겋기만 했다.

"각오해라."

"원래 그렇게 혓바닥 놀리길 좋아하나?"

"이놈!"

파아악!

이미 허리춤에서 철곤을 빼 들고 휘두른다.

이전 무인들과 겨룰 때는 격이 다른 움직임이요, 기세다. 내쳐 오는 철곤 속에 막강한 경력이 함께하고 있었다.

강비의 창봉도 동시에 움직였다.

퍼어어억!

"커허억!"

비명과 함께 비무대 바깥으로 튕겨 나가진 장한이었다.

피분수를 뿌린다.

손에 쥔 철곤은 엉망으로 부서져 여기저기 흩뿌려지고 몸은 경련으로 계속 떨고 있었다.

한눈에 보아도 엄중한 내상을 입은 모습이다. 거의
죽기 직전이라 할 수 있었다.

"목숨은 붙여 두지. 앞으로는 마음 좀 곱게 써라."

봉첨으로 가슴에 일격을 찔렀다.

경력을 분산시켜 관통이 되진 않았지만, 그만큼 몸
전체에 공력이 침투하니 기혈이 파괴되고 내장이 진
탕되었을 것이다.

특히 직격을 당한 가슴은 피투성이였다. 갈비뼈가
여덟 대는 족히 부러졌을 것이다.

구경하던 무인들은 꿀 먹은 벙어리가 되었다.

그렇게나 오만하고 강인했던 철곤의 무인이 저런
꼴로 너부러진 것이 믿어지지 않은 것이다.

게다가 한 합이었다.

한 합으로 상대를 거의 재기불능의 상태로 만들어
놓았다. 일수의 공격이 너무 빨라 뭐가 어떻게 된 건
지 제대로 알지를 못하겠다.

터벅터벅 내려오는 강비였다.

무인들이 좌우로 갈라섰다.

아무런 기세를 발하지 않지만 존재감만으로도 경이
적이다.

그렇게 걸어가는 강비의 앞으로.

한 명의 무인이 모습을 드러냈다.

짧게 수염을 기른 중년인.

덩치가 실로 어마어마했다. 온몸이 크고 질긴 근육으로 꽉 차 있는데 키도 칠 척은 족히 될 법했다.

키가 큰 강비도 살짝 위를 바라봐야 할 정도였다.

"자네, 이름이 뭐라고?"

우렁우렁한 목소리가 비무대 전체를 울린다.

목소리가 깔리는 것만으로도 분위기가 후끈 달아오르는 것 같았다.

"강청진."

"강청진…… 강청진…… 들어 본 적이 없는데."

"무명이오."

"어디서 이런 고수가 나타났는지 놀랍군. 그 어린 나이에 말이다."

"앞길 막지 마시오. 난 통과하지 않았소?"

"맞아. 조장(組長)을 이겼으니 통과는 통과지. 그저 호기심이 일어 먼저 말을 건넸네."

중년인이 씨익 웃었다.

일견 호탕해 보이는 미소였지만, 알 수 없는 위험

함이 함께한다.

강비의 눈이 살짝 좁아졌다.

"내 이름은 반승(潘嵊)이라 하네. 비무초친 때 다시 볼 수 있기를 바라겠네. 건승하시게."

뭔가 의미심장한 한마디였다.

시원스럽게 웃은 반승은 그대로 몸을 돌려 사라졌다.

"반승……!"

"설마 그 호왕도(虎王刀)?!"

"엄청난 덩치로군! 일대의 호한이라더니!"

"호왕도 반승도 용곤문 소속이란 말이야?!"

웅성거리는 무인들의 목소리.

강비는 살짝 어깨를 들썩였다.

"이제는 별 미친놈들이 다 얽히는군."

호왕도 반승.

장강 이남, 무지막지한 도법(刀法)으로 명성을 날린 상승의 고수다.

강비로서는 알 수 없는 자, 다만 지닌 무력이 대단할 거라는 추측만 할 수 있을 뿐이다.

용곤문을 나오는 그의 입가에 살짝 미소가 지어졌다.

"이거 생각보다 훨씬 흥미로운데?"

그가 본 용곤문은 가히 복마전이라 불릴 만했다.

생각할 수 없었던 고수들이 즐비하고, 생각 이상으로 거대하다.

상황을 보며 힘을 숨기는 이들도 많고, 묘한 허세를 부리지만 눈치를 보며 뭔가를 알아내려 하는 자들도 부지기수였다.

"위험하지만 재미있겠어."

용곤문 개파식.

사 일이 남은 시점이었다.

외전

"의뢰?"

"맞아, 의뢰다."

"청부를 받아서 이행을 하는 곳인가."

"청부라…… 청부라면 청부겠지만, 어감은 의뢰가 낫지? 여하간 의뢰자들의 사연을 듣고 그만한 대가를 받은 후 해결해 주는 거야. 일종의 해결사라고 보면 돼."

"의뢰를 받는데 사연까지 들어야 하는 건가."

"최소한의 사연은 들어야지. 왜 의뢰를 했는지 이유를 알아야 해. 우리는 일단 의뢰를 받고 어떻게든다 해결해 주는 곳이 아니야. 사유를 무시했다가는 훗날 말도 안 되는 일에 얽힐 수도 있다. 개인의 사정이 통하는 한에서 듣고, 이쪽에서 결정이 나면 바로 행동에 들어가는 거야."

"희한하군."

"너한테 듣게 할 생각은 없어. 모든 건 내가 판단하니까 일일이 만나서 재미없는 얘기를 들을 필요까진 없다. 너는 일만 제대로 해 주면 돼."

"실패하면?"

"실패하면 실패하는 것이지. 크게 부담은 갖지 마라. 너는 내가 직접 영입한 요원이야. 터진 일은 내가 감수할 일이지. 다만 네가 암천루의 소속으로 들어서게 된 이상, 그 스스로 능력의 출중함을 보이는게 여러모로 이롭다는 건 누구보다 잘 알고 있을 거야. 한 가지 알아 둬. 원나라 말기에 일어선 암천루는 강호 뒷골목에서 명성을 날린 이후, 의뢰가 중단된 적은 있어도 실패한 적은 없다. 네가 들어와서 실패를 한다면, 글쎄다. 그것도 나름 재미가 있겠군. 항상 최초나 초유라는 단어는 누구에게나 각별하기 마련이니까."

"대놓고 부담을 주면서 부담을 갖지 말라니, 우습군."

"그냥 참고하라는 거야. 실패에 대해서 일일이 부담을 갖다가는 될 일도 안 되는 법이다. 그리고 말했잖아. 너는 내가 영입한 인재다. 지금껏 내가 직접 영입한 인재가 실수했던 적은 있어도 실패했던 적은 없어. 나를 믿든 너 스스로를 믿든, 그건 전적으로 너의 판단이겠지."

"무슨 말인지 알겠는데, 그럼 내가 할 일은?"

"일단 능력을 봐야겠지. 사실 굳이 보지 않아도 알 것 같다. 너만 한 나이에 그 정도 무공, 무력 해결을 전문으로 해야겠지."

"무력 해결? 누구를 죽이는 의뢰에 쓴다는 뜻인가."

"시야를 좁게 만들지 마라. 우리는 살수 집단이 아니야. 물론 그런 의뢰가 없는 건 아니지만, 결코 많지 않지. 오로지 사람 죽이는 데에 무력을 사용하면, 세상에 퍼진 수많은 문파들은 존재 자체만으로도 이미 재앙이나 다를 바 없잖나."

"그렇군."

"나머지는 차차 의뢰를 행하면서 몸에 익히면 될 거야. 오늘은 푹 쉬어. 내일은 의뢰를 나가지 않은 본루의 요원 몇 명과 인사나 나누도록 하지."

"알겠어."

"그런데 말이야. 너 혹시 이미 이쪽 요원들하고 만난 적이 있나? 그 인간들하고 대화를 나눈 적이 없어?"

"없지. 당신과 지금 처음 오는 길이잖아. 말이 되는 소리를 해."

"그렇지?"

"그래."

"그럼 말이다. 결국 이렇게 되기는 했다만, 나는 네 상관이라는 뜻인데 어째 말투가 듣기 좀 그렇군. 나이도 내가 한참이나 많은데 말이야."

"불만이면 아까 말하지 그랬나. 지금 와서 속 좁게 너무 따지지 마."

입이 떡 벌어지는 내용이었다.

진관호의 눈에도 기가 차다는 기색이 역력했다.

묘하게 사람 속을 뒤집는 재주가 있는 놈이었다.

"제기랄, 난 전생이 뭔 죄가 있어서 휘하 요원들한

테 죄다 반말을 듣는 거야? 이것도 운명이라면 운명 인가."

나직이 투덜거리던 진관호는 자신의 집무실로 들어가 버렸다.

암천루에 들어선 첫날.

강비는 생각보다 훨씬 건실한 자신의 방에 들어서며 미묘한 혼란을 느꼈다.

과거 사부님과 처음 만났을 적, 당신께서 했던 말이 떠올랐다.

"세상을 바라보기 전에, 일단 나 자신부터를 바라보는 것이 당연한 수순이다. 너는 너를 모르고 있어. 자신의 마음이 어디로 향하는지, 나는 무엇을 원하는지, 종례에 무엇을 이루고 싶은지까지. 파악조차 못하는 자가 어찌 세상에서 홀로 고고할 수 있겠느냐. 혼란과 무지(無知)는 맞닿아 있다. 정신부터 제대로 다스리며, 흔들리지 않는 마음을 제대로 세울 수 있다면 그것이 곧 강함이다. 끊임없는 자문(自問)이야말로 성장의 원동력이니, 언제나 자신에게 엄격해야 한다."

한시도 잊지 않았던 사부의 음성이었다.

혼란과 무지는 맞닿아 있다. 무지하기 때문에 혼란스러운 것이고, 혼란스럽지 않다는 건 충분히 스스로를 안다는 뜻이다.

'그렇다면 나는 지금 무지하단 뜻인가.'

마음껏 창칼을 휘두르던 전장.

피가 튀고 살점이 떨어져 나가는 살벌한 그곳에서 십오 년에 가까운 세월을 살았다.

다행히 천운이 있어 스승을 만났고 그분 덕택에 지금까지 커 올 수 있었다.

스승의 말을 한시도 잊지 않으며 살아온 세월이기도 했다.

한데 지금은 무엇인가.

처음 스승을 만나기 전으로 돌아간 것만 같았다.

혼란스럽고 어지러웠다.

내가 이곳에 있는 것이 옳은 일인지, 나의 선택에 후회가 없는지조차 알 수 없었다.

'나는 지금, 무지한가?'

무지했다.

스스로에 대한 무지였다.

창을 열고 바깥을 바라본다.

추운 겨울의 한풍이 확 들어왔지만 그래도 머리 한 구석이 시원해지는 것 같았다.

"호오…… 이건 또 뭐야. 새로 온 신입이 자넨가?"

반사적으로 몸이 돌아갔다.

순식간에 전신의 기파를 개방하는데 이미 완전한 전투 태세로 돌입한다.

"응? 이놈 보게? 어르신을 마주하고도 어째 그리 노려만 봐?"

강비의 등으로 식은땀이 흘렀다.

방안에 탁자 앞, 의자에 한 명의 노인이 앉아 있었다.

천천히 품에서 곰방대 하나를 꺼내는데 그 모습이 그리도 여유로울 수가 없다.

어딘지 모르게 불량한 기색만 아니라면 신선도에서 막 뛰쳐나온 신선이라 해도 믿을 외양이었다.

물론 강비에게 그건 중요한 게 아니었다.

'도대체 언제?!'

기척조차 느끼지 못했다.

문은 닫혀 있었고 들어왔을 때 역시 방 안에는 아무도 없었다.

그렇다면 방금 전, 창을 열고 머리를 식힐 그때에 들어섰다는 것인데 그동안 듣지도, 느끼지도 못했다.

'만약 이 노인이 날 죽이러 온 살수였다면……'

십 할의 확률로 죽었다.

전쟁터, 적군 측에 이만한 살수가 있었다면 이미 살아남지 못했을 것이다.

"클클. 온몸에 날을 바짝 세워 둔 모양새라니, 여유라고는 한 올도 없는 놈이로다. 이놈아, 그렇게 항상 긴장하면서 살면 안 피곤하더냐?"

"누구시오?"

"어쭈, 이놈 보게? 존장에게 어찌 이리도 예의가 없냐? 온몸에 피냄새가 진동을 하니 종군(從軍)한 군 출신인 것 같은데, 아무리 군부라도 기본적인 예의는 지키면서 살아가는 동네 아니었어?"

한 번 본 것만으로 군 출신임을 알아낸다.

기가 막히는 안목이었다.

"누구냐고 물었소."

"아. 알았다, 알았어. 원 참, 좀 재미있는 놈이 들

어오나 싶었는데 이건 또 딱딱하기가 강철 막대 저리
가라로군."

가볍게 부싯돌을 붙여 연초를 한 모금 빤 노인이
빙그레 웃으며 입을 열었다.

"내 이름은 서문종신이다. 암천루 소속 무력 해결
을 전문으로 하는 요원 중 하나지. 앞으로 한 식구가
될 것 같은데 이왕이면 재미지게 살아 보자고."

외관과는 도통 어울리지 않는 경망스러운 말투였
다.

뻐끔뻐끔 피어 대는 연초는 저잣거리 파락호와 같
은 불량기가 그득했고, 가볍게 꼰 다리, 발끝을 까딱
이는 모양새에는 진중함이 한 톨도 담기지 않았다.

하지만 강비는 느낄 수 있었다.

눈앞의 노인, 기이한 언사와 행동을 보이는 서문종
신이라는 사람의 힘을.

'상상을 초월하는 고수다…….'

난생처음으로 느껴보는 압도적인 폭발력이었다.

스승, 광무진인께서 스스로 단전을 폐하고 하산을
하셨다고 들었는데, 만약 하산하기 전의 사부님의 무
력을 보았다면 이런 느낌을 받았을까 싶다.

세상천지 모든 무인들을 발아래로 둘 자였다.

경망스러운 언행으로 판단하면 안 된다.

이자는 궁극의 영역에 발을 들인 자, 종사(宗師)라 불리어도 부족함이 없는 무인이었다.

"그렇지 않아도 사람 하나 구했으면 싶었어. 루주란 인간이 좀처럼 유들거리지 못하거든. 쉴 만도 한데 뺑뺑이를 돌리는 게 여간 귀찮은 게 아니었다. 아무리 돈이 좋아도 이건 아니지. 덕택에 당분간은 좀 쉬엄쉬엄 일할 수 있겠어."

어느 것이 진짜 모습인지 판단할 수 없었다.

강비의 몸에서 이는 기파가 조금씩 잠잠해졌다.

일어나는 호천패왕기가 빠르게 체내로 숨어 옹골차게 똬리를 틀었다.

서문종신의 눈에도 이채가 띤다.

'이놈 봐라?'

군부, 전장에서 활동한 군인인 것 같은데 과연 적아를 구분하는 안목이 대단한 것 같았다.

어지간한 무인이라면 놀라서 물러서거나 끝까지 긴장을 풀지 않았을 텐데, 이놈은 그 어느 것도 아니다.

본능적으로 상황을 파악하고 있었다.

'감각 하나는 맹수나 다를 바 없군.'

재미없는 놈이라고 생각했는데 그 생각을 바꿔야 할 것 같았다.

아직은 새끼 호랑이지만 몇 번 고기만 툭툭 던져주면 알아서 커갈 놈이다.

옆에서 으르렁대는 꼴을 보면 상당히 재미있을 것 같다.

"그런데 넌 어째 이름도 밝히질 않아? 이름이 뭐야?"

강비의 눈이 살짝 가라앉았다.

"강비."

"너 말이 짧다."

"같은 요원이라면 직위도 같으니까."

"어……?"

뭔가, 한 방 먹은 것 같았다.

서문종신의 표정이 멍해졌다.

같은 요원이니 직위가 같다?

일견 맞는 말이다.

그래서 굳이 존대를 하지 않겠다.

나이가 중요한 것이 아니라 직위가 중요하다는 것.

그야말로 뼛속까지 군인인 놈이란 생각이 들었다.

상명하복의 체계에 극도로 익숙한 놈인 듯했다.

이처럼 예민한 놈이라면 자신의 힘을 충분히 알아채고도 남았을 터, 그럼에도 행동하는 데에 거침이 없었다.

갑자기 유쾌해져 웃음이 터져 나왔다.

"푸하하!"

강비의 눈썹이 살짝 좁혀졌다.

상대가 왜 웃는지 도통 이해할 수 없었던 것이다.

"이거, 아주 걸물이었구만! 좋아, 사내라면 그 정도 배포는 있어야지. 요새 젊은 것들은 예의도 없는 주제에 뱃심도 없단 말이야! 이왕 예의가 없을 거면 너만 한 놈이 보기라도 좋지."

무슨 말인지 이해하기 어렵다.

처음 본 서문종신이라는 노인, 존재 자체가 혼란스럽다.

이것도 무지로 인한 혼란인가 싶었다.

"제법 유쾌한 만남이었다. 생각 같아서는 달빛 아래 술이라도 한잔 하고 싶다만 할 일이 있어서 이만 가 봐야겠어. 내일, 볼 수 있으면 다시 보도록 하지."

그렇게 시끄러웠는데 또 사라질 때는 홀연하기 짝이 없다.

말 그대로 연기처럼 사라졌다.

충격적인 첫만남이다.

암천루, 강호의 음지에서 해결사 노릇을 하는 곳이라기에 다소 만만하게 봤던 것도 사실이다.

한데 이렇게 보니 또 다르다.

상상할 수 없는 뭔가가 이곳에 있다.

생각해 보니 루주라는 진관호 역시 보통 인물은 아니었다.

은밀하기 짝이 없지만 분명 대단한 무학을 연성하고 있을 터.

이처럼 뛰어난 무인들이 왜 암천루라는 음험한 단체에서 일하고 있는지 의아할 따름이다.

그렇게 암천루에서 처음으로 밤을 보내는 강비였다.

인상적인 하루였다.

*　　　　*　　　　*

"여기는 어제부로 본루의 소속이 된 강비라고 한다. 군부, 전장에서 십오 년 동안 전쟁을 치른 장수 출신으로, 전직 정천호(正千戶)였고, 북로토벌(北路討伐)의 특수부대(特殊部隊)인 암혈조(暗血組)의 조장(組長)을 역임했다더군."

상당히 성의가 없어 보이는 소개였지만 누구도 그것에 신경을 쓰지 않았다.

옹기종기 후원에 모인 요원들 네 명이 초롱초롱한 눈으로 강비를 바라보았다.

호기심과 기대가 어린 눈빛이었다.

이런 식으로 주목을 받는 건 영 성미에 맞지 않다.

강비의 표정이 자연스레 못마땅해졌다.

"우와! 정천호라면 정오품(正五品)의 관리직 아니에요? 대단해요!"

어린애처럼 손뼉을 치며 감탄하는 이.

어린애처럼이 아니라 실제로도 어렸다.

이런 뒷골목 단체에 어찌 저런 어린 나이로 있을까 싶을 정도로 어리다.

이제 기껏해야 열여섯, 일곱이나 되었을 법한 외모였다.

"쟤는 장천이라고 한다. 일 년 전에 영입했지. 어리다고 얕보진 마. 세작 침투나 정보 분석에 대해서는 이쪽 업계에서 따라올 놈들이 없어."

강비의 눈에도 기광이 떠올랐다.

진관호, 서문종신.

이처럼 쟁쟁한 사람들 가운데에 소속 요원으로 있다는 것 하나만 봐도 저 어린 청년의 대단함을 알 수 있겠다.

나이가 어리다고 무시하는 행동 따위는 죽어도 못한다.

"전장의 정천호라면 그렇게 대단할 것이 못 돼. 품관은 제법이어도 전장의 특수성으로 다른 곳보다 관직에 오르는 속도가 빠르거든. 하기야 그것도 살아남아 능력을 입증해야 얻을 수 있는 자리야. 그렇게 치자면 확실히 대단하긴 해. 난전(亂戰) 속에서 십오 년이라, 나라면 죽어도 못하지."

비꼬는 것인지 감탄을 하는 것인지 도통 알 수가 없는 어조로 말하는 사람.

방만한 자태로 앉은 남자였다.

강비보다 대여섯은 많을 것 같은 나이다.

허리춤에는 한 자루 평범한 장도(長刀)를 찼다.

"저 인간은 하일상이야. 사람 상대로 칼질은 하면
서 푸줏간에서는 돼지고기 살도 못 발라낼 천하의 머
저리지. 깊게 엮이지 않는 게 여러모로 좋을 거다."

상당히 인상적인 소개였다.

장천이라는 청년을 소개할 때와는 완전히 달랐다.

하일상의 표정도 확 일그러졌다.

"어이, 루주님. 신입한테 그게 뭐야? 날 뭐로 보겠
어?"

"알 바 아니다. 머저리로 보든 말든, 그렇게 평소
에 잘하든가."

"뒤통수 조심해. 조만간 한 칼 날린다."

"날리기 전에 죽사발 될 거라고는 생각 안 해 봤
나?"

험악한 대화가 오고 가는 와중, 묘하게 정감이 어
렸다.

그들만의 유쾌한 대화라는 생각이 들었다.

"전장의 장수 출신이면 아무래도 딱딱한 군율에 익
숙할 텐데, 용케도 영입할 생각을 하셨네요. 나중에
본루의 문제라도 생기면 어쩌려고요?"

사람이 앞에 있는데도 거침없는 언사를 펼치는 여인이 있었다.

여인이라기보다 소녀에 가까운 외모다.

기이한 분위기를 자아내는 여인.

나이는 장천보다 많은 것이 분명함에도 어째 훨씬 어려 보인다.

측량키 어려운 지혜를 두 눈에 품고 있었다.

진관호는 어깨를 으쓱하며 강비를 돌아보았다.

"어떻게 생각해?"

"뭘?"

"저 어리기 짝이 없는 미녀가 하신 말씀 말이야."

"별 생각 없는데?"

여인의 얼굴이 팍 일그러졌다.

왠지 무시당한 것 같은 기분이었을 것이다.

진관호가 피식 웃었다.

"이름은 당선하야. 추적(追跡), 정보 분석에 의한 정보전(情報戰)은 물론, 무공, 침투, 암어 해석(暗語解釋) 등등 거의 모든 분야에서 만능이지. 본루의 자랑이야."

진관호가 그리 말했다면 분명 대단한 녀석일 거란

생각이 들었다.

당선하를 살피는 강비의 눈이 살짝 진지해졌다.

지혜로운 눈동자.

성정도 솔직하고 거침이 없을 거란 생각이 들었다.

기본적으로 이런 사람이 싫지는 않다.

싫지 않은 것이 아니라 오히려 기껍다고 해야 할까.

하지만 어쩐지 당선하를 보며 강비는 숙적과 만난 듯한 기분이 들어 버렸다.

앞으로 두고두고 부딪칠 것 같았다.

"그리고 이쪽은 이미 만나 봤다면서?"

곰방대를 입에 물고 손을 흔드는 노인.

서문종신이었다.

"여, 잠은 잘 잤나?"

말투만 들어 보면 한 십 년은 만난 친우들 사이 같다.

"루주, 오늘은 회식 같은 거 안 하나? 간만에 들어온 신입인데 말이야. 조촐하게라도 한잔 해야지?"

"뭐 그렇게 하시죠."

"흐흐, 간만에 동 숙수(熟手)가 바쁘겠어."

암천루 소속 요원들 모두가 모이진 않은 자리.

조촐한 술자리는 생각보다 훨씬 왁자지껄했고 생각보다 훨씬 푸근했다.

뒷골목, 의뢰를 받고 이행하는 해결사들의 집단이라고는 도통 생각할 수 없을 만큼 자유분방한 분위기였다.

유쾌한 술자리를 뒤로 한 채.

강비에게도 마침내 첫 의뢰가 다가오고 있었다.

그리고 그 의뢰를 통해, 강비는 이 암천루란 곳이 얼마나 위험에 맞닿아 있는 조직인지 깨우치게 되었다.

*   *   *

"제길!"

장포를 찢어 어깨의 상처를 꽉 동여맨 강비가 거칠게 욕설을 내뱉었다.

그는 옆에서 허벅지를 동여매는 하일상에게 눈을 돌렸다.

화살이 대퇴부를 관통해서 제대로 운신할 수 없을

것 같았다.

이번 의뢰는 너무나 위험했다.

애초에 위험 요소를 모조리 파악하고 의뢰에 임했다 생각했는데 실제로 들여다보니 이건 두 명으로 해결될 만한 의뢰가 아니었다.

정보력이 천하제일 정보 조직이라는 개방에 필적한다는 암천루답지 않은 실수였다.

의뢰 내용은 이러했다.

사천성에서 새롭게 떠오르는 강자, 백궁문(白弓門)의 문주인 백룡천궁(白龍天弓) 소천회(素天懷)가 장인의 본가인 강서성에서 나올 때, 그에게서 백궁문 내부 비리 문서를 빼돌리라는 의뢰였다.

백궁문은 겉으로 정도(正道)를 표방했지만 뒤로는 온갖 지저분한 일에 손을 댄 문파였다.

나라에서 법으로 금한 철광은 물론 밀염(密鹽), 인신매매(人身賣買), 심지어 암살(暗殺)까지 행하여 막대한 부를 축적했다.

장인이라는 강서의 대부(大富) 등가장(鄧家莊), 등만호와 합심하여 관부의 눈을 피해 민초들의 고혈을 착취한 행태는 천인공노할 만행이었다.

타인을 믿지 못해 문서는 항상 품에 넣고 다닌다는 소천회였다.

이번 강서성의 등만호를 만나러 온 것 역시 둘에게 자금을 조달했던 이들의 명부와 이권개입단체들의 문서를 가져오기 위해서였다.

둘은 비선망의 정보를 통해 소천회가 어디를 통해서 이동하는지, 어디서 습격을 하는 것이 적당한지를 파악하고 매복했고, 곧이어 무수한 무인들의 숲을 헤치고 나아가 문서를 탈취하는 데에 성공했다.

그렇게 의뢰는 성공리에 끝나는 줄 알았다.

하지만 그때부터가 시작이었다.

도대체 어디서 고수들이 그만큼 쏟아져 나왔는지, 수많은 궁사(弓師)들이 줄을 지어 나와 화살을 날리기 시작했다.

풍문으로만 듣던 백궁문의 전력이 아니었다.

세상에 알려진 백궁문의 전력을 훨씬 상회하는 힘이었다.

거의 삼십에 달하는 절정의 궁수들이 무작위로 화살을 날리는데, 도망은커녕 막고 피해 내기조차 바빴다.

도주를 할라치면 엄청나게 빠른 신법으로 따라붙는데 그 속도 역시 무시무시하게 빠르다.

궁술을 배우는 무인들이 보법과 신법에 많은 시간을 할애한다고 하는데, 이들을 보면 과연 그것이 사실이란 생각이 들었다.

채챙! 챙!

장창을 휘두르며 쏟아지는 화살 세례를 모조리 튕겨 냈다.

창을 쥔 손이 진동하는 것 같았다.

이들의 화살은 참으로 거셌다.

전장에서의 화살과는 차원이 다르다.

집단전으로 밀어붙인다면 군부의 궁사들을 어찌 당해 낼 것인가.

하나 강호, 무림문파에서 제대로 된 무공을 배워 가며 쌓은 궁수들의 실력은 그야말로 상상을 초월했다.

일발사격, 한 번의 화살을 날릴 때마다 모골이 송연할 지경이다.

눈에 보이지도 않는 속도.

육안으로 판별 불가였다.

경험과 감으로만 피해 낼 수 있다.

눈으로 보고 쫓다가는 몸에 구멍 뚫리는 건 시간문제였다.

"비선망이라는 건 어디에 있는데?"

"이 산 넘어에 있어!"

"이쪽으로 부를 수는 없나?"

"말이 되는 소리를 해, 인마! 게다가 비선들은 경공이 뛰어나도 무력은 별 게 없어. 괜히 오다가 다죽는다!"

첩첩산중이다.

강비는 가볍게 입술을 깨물었다.

"움직일 수 있겠어?"

"다행히 뼈를 비껴 갔어. 지혈까지 끝났으니까 너와 맞출 정도는 될 거다."

천만다행이었다.

강비는 커다란 나무 뒤에서 몸을 일으켜 세웠다.

"그럼 먼저 가. 막아 줄 테니까."

하일상의 눈이 굳어졌다.

"뭐라고?"

"상황을 직시해. 당신의 그 다리로는 저들을 막아

낼 수 없어. 그렇다면 이 문서를 갖고 한시라도 빨리 비선들에게 건네는 게 우선이다."

"웃기는 소리하지 마! 다리 멀쩡한 네가 달려야지 왜 내가 달리냐?! 내가 막을 테니 네놈이 전달해!"

강비가 거칠게 하일상의 멱살을 잡아 일으켰다.

이런 행동을 보일 줄은 몰랐다는 듯 하일상의 눈에도 놀라움이 어린다.

"잘 들어. 이런 걸로 실랑이할 때가 아니야. 나는 비선망이 어떻게 운용이 되는지, 정확히 어느 쪽에 있는지도 아직 몰라. 평소라면 내가 가겠지만 지금은 아니야. 어떤 방법이 최선인지는 누구보다도 당신이 잘 알 거 아냐?"

흔들리는 하일상의 눈.

그렇다. 강비의 말이 전적으로 옳았다.

조금이라도 빨리 도주를 해서 문서를 전달하기 위해서는 강비가 가는 게 옳겠지만, 문제는 이번 의뢰가 강비로서는 처음 행한다는 것이다.

당연히 비선망이니 뭐니 그들에 대해서도 제대로 파악하기가 난해했다.

더불어 그사이, 하일상이 죽고 백궁문의 궁사들이

쫓아온다면 아예 의뢰 자체가 실패로 돌아갈 확률이
높았다.

"어서 가!"

나무 바깥으로 몸을 보이는 강비.

강비의 몸이 보이는 순간 쏟아지는 화살 세례. 그
야말로 번개와도 같았다.

그의 창이 속도를 받으며 면밀한 방어막을 전개했
다.

모조리 튕겨 나가는 화살, 하지만 강비 역시 서너
걸음을 물러설 수밖에 없었다.

한 번의 방어로 모두 받아치기에는 화살에 실린 힘
들이 지나치게 강력했던 것이다.

"어서!"

"젠장!"

파바박!

하일상이 빠르게 신법을 펼쳤다.

"살아 있어라! 지원군을 부르겠다! 지원군이 올 때
까지 무조건 버텨!"

대답할 새가 없다.

어떻게 눈치를 챘는지 궁수 두 명이 경공을 펼쳐

좌우측으로 돌아가려 한 것이다.

"어딜!"

피유우웅! 퍼버벅!

"커헉!"

"으아악!"

강비의 품에서 날아간 비수 두 자루.

궁수 한 명의 목에, 다른 궁수 한 명의 가슴에 박힌다.

호천패왕기를 극성으로 운용해 날린 비수였다.

그 속도는 실로 전광석화나 다름이 없어, 안법(眼法)을 제대로 익힌 궁수들조차 피하지 못한 것이다.

퍼억!

"크으……."

그 대가라고 할까.

미처 쳐 내지 못한 화살 한 대가 날아와 옆구리에 박혔다.

화살을 통해 전신으로 치닫는 경력의 여파.

날카롭고 빠르다.

패왕진기를 휘돌려 피해를 최소화하려 했지만, 틈을 주지 않고 속사(速射)를 날리는 궁수들이었다.

강비는 이를 악물고 장창을 휘둘렀다.

따다다당!

강비의 무공은 놀라웠다.

일정한 법도가 있는 무공이 아니라 전장, 실전의 창부림을 보이면서도 그 많은 화살들을 모조리 튕겨 낸다.

한 번씩 궁수들이 좌우측으로 돌아갈라 치면, 극속의 비수를 날려 목숨을 앗아 갔다.

그럴 때마다 화살이 한 대씩 몸에 박혔지만, 펼치는 강비의 무공은 여전히 강렬했다.

지루한 접전이었다.

튕겨 나가는 화살과 폭발하는 경력으로 인해 일대가 폐허로 변했다.

시체가 많지 않지만, 그 어디에서도 볼 수 없는 처절한 격전의 일장.

누구 하나 함부로 들어설 수가 없는 영역이었다.

그리고 마침내 저 뒤에서.

익숙한 기파를 느끼는 강비였다.

드러내지 않았을 때 살짝 엿보았던 무시무시한 거력.

엄청난 존재가 다가오고 있었다.

저 멀리, 까마득한 거리가 분명했지만 그처럼 먼 거리임에도 절로 알 수 있을 만큼 뿜어내는 기파가 상상을 초월했다.

'영감!'

서문종신.

서문종신이 오고 있다.

휘두르는 장창에는 여전히 막강한 방어의 무공이 올올이 풀어 나왔지만, 강비는 약간의 안도감을 느낄 수 있었다.

서문종신이 오면 활로가 열린다.

상식 안에서 이해할 수 없는 고수의 힘이다. 천군만마가 따로 없었다.

하지만 그의 안도감은 이른 바가 있었다.

부아아아앙!

소름끼치는 소리.

강비의 눈이 번쩍였다.

수많은 화살들이 허공을 노니는 와중, 그 틈을 타고 쏘아지는 번갯불이 있었다.

일반 화살보다 몇 배는 두꺼운 살.

휘돌아 가며 쏘아지는 속도가 엄청났다.

느끼지도 못하는 새, 이미 코앞까지 당도했다.

백룡천궁 소천회가 문주로 있는 백궁문의 봉공. 소천회의 사부.

일찍이 강호에서 은퇴했다는 귀마궁(鬼魔弓)이 쏘아 낸 통천벽력시(通天霹靂矢)였다.

콰아앙!

"커헉!"

강비의 몸이 삼 장이나 뒤로 날아갔다.

눈앞이 번쩍인다.

한순간 정신이 흩어졌다가 다시 돌아오길 반복했다.

망막에서 튀기는 불꽃이 정신을 차릴 수 없게 만들었다.

"쿨럭!"

토혈(吐血). 상당한 내상까지 입었다.

단 한 대의 화살을 막아 낸 것치고는 지나칠 정도로 심각한 내상이었다.

'엄청난 힘!'

벼락이 날아와 꽂힌 것 같았다.

본능적으로 창을 휘둘러 몸통이 뚫리는 건 면했지만, 화살에 실린 경력이 무자비하게 내부로 침투한다.

다리에 힘이 쫙 풀리는 궁력(弓力)이었다.

손에 들린 장창도 거대한 화살 한 대에 망가졌다.

뒤틀리고 찌그러져 잡을 수조차 없었다.

부아아앙!

정신을 채 차리기도 전에 또 한 번 들리는 소리.

죽음의 소리.

벼락이 다시 한 번 쏘아지고 있다.

귀로 들리는 순간 앞까지 도달했다.

위력에 못지않은 초월적인 속도였다.

퍼어억!

절로 신음이 나올 것 같았다.

보법, 신법이랄 것도 없이 옆으로 굴렀지만 옆구리를 한 움큼 뜯고 지나간 거력이 땅까지 뚫어 버렸다.

살기를 느끼고 움직이지 못했다면 그 두꺼운 화살이 가슴을 통째로 뚫었을 것이다.

정신이 혼미하다.

온몸 곳곳에서 탁기가 치솟고 있다.

내부로 침투한 경력이 순식간에 휘도는데 이제는 손가락 하나 까딱할 수 없을 것 같았다.

'이대로 끝인가.'

십오 년을 넘도록 생사의 기로에서 아슬아슬하게 살아온 인생.

전장에서 나와 강호의 일에 뛰어들었는데, 이번 한 번의 일로 죽게 생겼다.

피식 웃음이 나올 것 같았다.

'제기랄…… 대금도 못 받았는데.'

엉뚱하게 그런 생각이 들었다.

진관호.

암천루주에게 이번 의뢰 대금으로 천하 명주를 준비하라 했는데 그마저도 못 마시고 인생 하직할 판이다.

부아아앙!

다시 한 번 들리는 끔찍한 소음이었다.

귀마궁의 통천벽력시가 완전한 죽음을 머금고 강비에게로 쏘아졌다.

피할 수도 막아 낼 수도 없었다.

온전한 사신(死神)의 그림자가 그의 머리 위로 사

르륵 내려앉았다.

그때였다.

쩌어어어엉!

어디선가 들리는 환청과 같은 소리.

경력과 경력의 폭발이었다.

강비는 흐릿한 시야 사이로 보이는 신선의 그림자를 보았다.

사신의 그림자를 막아 낸 선계의 그림자.

"이놈아! 괜찮으냐?!"

걱정이 담긴 목소리.

그 목소리를 들으며 강비는 그대로 정신을 잃고야 말았다.

*　　　　　　*　　　　　　*

"여긴……."

"이제 일어났나?"

눈을 뜨니 익숙하지 않은 천장이 보인다.

입이 쩍쩍 말랐다.

정신을 차리자마자 사지로 뻗어 나가는 고통이 강

렬했다.

절로 눈살이 찌푸려졌다.

강비는 고개를 살짝 돌렸다.

진관호부터 서문종신, 하일상과 당선하가 보였다.

각기 눈빛은 달랐지만 걱정 어린 분위기는 똑같다.

눈을 한 차례 감았다가 다시 뜬 강비가 물었다.

"의뢰는?"

진관호가 피식 웃었다.

서문종신과 하일상, 당선하마저도 고소를 금치 못했다.

죽었다가 살아난 판이다.

그럼에도 의뢰의 성공 여부를 먼저 묻는다.

암천루에 들어선 신입 주제에 그 누구 보다도 어울리는 한 마디를 내뱉고야 만다.

"성공이다. 어려웠을 텐데, 잘 버텨 줬어."

"그래?"

"너는 좀 괜찮으냐?"

"괜찮아. 정신을 차렸으면 그걸로 된 거지."

천천히 상체를 일으켜 세웠다.

미칠 듯한 통증이 전신을 엄습했지만, 강비는 내색하지 않았다.

죽음을 느낀 적은 이전에도 많았다.

이보다 더한 상처를 입었을 때도 있었다.

그 익숙함이 주는 행동이 그대로 묻어 나왔다.

진관호가 면목이 없는 표정으로 말했다.

"미안하게 되었다. 첫 의뢰로 다소 가볍게 보았는데 이만큼 준비가 철저했을 줄이야…… 몰랐다, 정보의 부재였어. 설마 그만큼이나 강한 고수들이 뒤에서 진을 치고 있을 줄은, 진정 생각조차 못했었다. 까딱 잘못했으면 진짜로 위험할 뻔했다."

요원의 무력과 해결력도 중요하지만, 가장 중요한 것은 정보를 파악하고 정확하게 사태를 직시해 전술을 짜는 머리, 본진에 있다.

제대로 사태를 바라보지 못한 정보력에 문제가 있었다.

실상 그 상황에서는 죽었어도 할 말이 없었을 것이다.

그것은 즉, 역량 이상의 모습을 보여 준 강비의 능력을 검증한 것이나 다를 바가 없었다.

"신고식이 화려하더군."

간단한 감상이었다.

나른한 얼굴 위, 한 점의 분노도 찾아볼 수 없다.

백궁문이 어떻게 되었는지, 뒷일에 대해서는 아무것도 묻지를 않았다.

"그래서, 그건 어떻게 됐어?"

"뭘 말이냐?"

"의뢰 대금. 천하 명주를 준비한다고 했잖아."

기가 찰 말이었다.

서문종신은 연초를 피다가 컥컥거렸고, 당선하는 질린 눈으로 강비를 바라보았다.

진관호마저도 어처구니없다는 듯 말을 잇지 못했다.

하일상이 어깨를 으쓱했다.

"이놈, 이거. 걸물은 걸물이네."

상황과 어울리지 않는 말들이 백궁문 궁수들의 화살세 례처럼 쏟아졌다.

대체로 욕설과 비난에 가까운 어조들이었다.

귀를 먹먹하게 만드는 말들을 싹 무시한 강비가 피곤하게 입을 열었다.

"어쨌든 성공했으면 대금은 받아야 할 거 아냐? 내가 왜 여기에 들어왔는데. 이따가 밤에 밥 먹으면서 마실 거야. 준비 제대로 해 둬."

제 할 말만 하고 그대로 눈을 감는 강비를 보며.

황당해하던 진관호도 이내 웃을 수밖에 없었다.

'내 눈이 틀리진 않았군.'

하일상의 말도 맞았다.

걸물이 들어왔다.

어디로 뛸지 모르는 걸물이라서 문제지만, 어쩐지 제법 유쾌한 한 가족이 될 것도 같은 기분이 들었다.

그렇게 첫 의뢰를 아슬아슬하게 성공시킨 강비였다.

그 뒤로 삼 년.

말도 많고 탈도 많은 생활이 이어졌다.

생각지도 못한 곳에서 실수가 나왔고, 그 실수를 메우기 위해 몇 차례나 난리가 났었다.

요원들끼리 다툰 일도 꽤나 많았고, 은퇴를 한 요원들 때문에 한창 바쁜 나날이 이어졌던 시기도 있었다.

그러나 여전히, 암천루는 실패를 모르는 조직으로서 그 신화를 공고히 지켜 나갔다.

적어도 훗날, 중원을 발칵 뒤집힐 세력들이 속출하기 전까지는.

〈『암천루』 제3권에서 계속〉

암천루

1판 1쇄 찍음 2015년 3월 5일
1판 1쇄 펴냄 2015년 3월 10일

지은이 | 산수화
펴낸이 | 정　필
펴낸곳 | 도서출판 **뿔미디어**

편집장 | 이재권
기획 · 편집 | 윤영상

출판등록 | 2002년 9월 11일 (제1081-1-132호)
주소 | 경기도 부천시 원미구 소향로 117번길(두성프라자) 303호 (우)420-864
전화 | 032)651-6513 / 팩스 032)651-6094
E-mail | bbulmedia@hanmail.net
홈페이지 | http://bbulmedia.com

값 8,000원

ISBN 979-11-315-6315-1 04810
ISBN 979-11-315-6313-7 04810 (세트)